U0045120

發條紙鳶

台灣校際推理社團聯盟　著
余小芳　主編

繁星之夜——我對「台灣校際推理社團聯盟徵文獎」的期許

寵物先生

聽聞「台灣校際推理社團聯盟徵文獎」即將出版作品集的消息，我內心滿溢喜悅之情。

時間要追溯至二〇〇五年。當年經由各校推理社團成員的通力合作，促成首次大規模的聯合暑訓，籌備期間好友小亂建議，不妨舉辦一個小型徵文獎，並邀請知名的推理作家藍霄與評論家陳國偉（遊唱）擔任講評，這想法也隨著「台灣校際推理社團聯盟」這個名字有點長的組織[1]發起而付諸實行。我當時也摩拳擦掌、躍躍欲試，無奈短期內無力完成，只好拿高中時的作品修改後投稿，雖然參與過程並不認真，得到的評語卻受益良多，成了寶貴的經驗。首屆首獎作品〈Taking Action〉作者蘊毒亦是我所屬社團出身，也算是與有榮焉。

二年後（二〇〇七年）的暑訓由台大主辦，當時我便醞釀著，希望能延續當時鼓勵創作的初衷，於活動期間再舉辦一次徵文獎，不僅定出明確的徵文規則，也順利與出版社拉到贊助獎品；儘管最後比起第一屆的來稿量還少[2]，但也證明推理創作的火種並非只存在少數的社會人士，學生組成的愛好會依然具有可

---

1 後來想想，不論這組織是否成立，社團間的交流都該是存在的，只是我們需要透過形式化的程序，確認彼此對推理的熱情吧。

2 第一屆來稿量為五篇，第二屆四篇。

觀能量。該年首獎爲〈畢業前密室消失之謎〉，屬具有超現實元素的解謎推理，因個人因素未納入本書。

很快五年過去了，這期間社團舉辦的暑訓，很可惜並沒有延續這項傳統。之後我開始參與另一個徵文獎[3]的運作，從過去一個獎項的投稿者，轉而成爲初選、複選、決選的評審，親眼看見水準的提升，在爲每一篇來稿下評語的同時也暗自期盼，希望裡頭有學生寫的水準之作。

對我而言，新人作品比起老鳥作家的創作，「未熟」的氣息尤其明顯——這不是指水準的高低，而是那股作品中透露的，創作者將想出來的點子一股腦兒寫進故事裡的特質，是具備創作者世故的作家所欠缺的。學生寫的故事往往也是如此，缺乏雕琢，卻蘊含深不可測的光芒。

我一直認爲，創作要儘早開始。儘管得透過社會的多重歷練，作家寫的東西才得以扣人心弦，但也別忽略他在將作品公諸於世前，也經歷過一段新手時期。人會隨著閱讀量的增長，不斷提升對作品的評論眼光，若沒有相應的書寫量支撐，等他想動筆時便會寫不出來，原因無他，因爲他的「寫作經驗值」，早已被「閱讀（評論）經驗值」遠拋在後頭，寫出來的東西，完全無法通過自己這一關。所以想走創作路線的人，還是早點累積自己的「寫作經驗值」吧！

睽違五年，至二〇一二年，校際推理社團徵文獎終於重新啓動，邁入第三屆。除了來稿量進入二位數，也可看出近幾年出版業界大量投入推理的影響，類型呈現多樣性，水準也有一定提升。本書收錄多半是該屆的作品，最後也選出首獎〈都是他們惹的禍〉，爲具有「偵探團」風格的校園推理[4]。

---

[3] 即每年度舉辦一次的「台灣推理作家協會（ＭＷＴ）徵文獎」。

[4] 以寫作題材來看，三屆風格均以校園為大宗，這也反映了學生創作的背景侷限，但並不代表品質差異，畢竟活在當下的學生們，有機會寫出較為真實的校園生態。

而這些創作的火苗，是否能成爲日後照耀華文推理界的燎原火？就讓我們拭目以待。標題指稱的「繁星之夜」，其意就在對於「未來群星會」的期盼，我相信在我們仰望星空，對這片風景一一品頭論足時，日後的超級巨星，一定就隱藏在這片繁星裡。

【作者簡介】

寵物先生

本名王建閔，台大推理小說研究社第三屆社員，目前為台灣推理作家協會理事。以《虛擬街頭漂流記》獲第一屆島田莊司推理小說獎首獎，另著有長篇《追捕銅鑼衛門：謀殺在雲端》、《S.T.E.P.》（與陳浩基合著）和〈名為殺意的觀察報告〉、〈犯罪紅線〉等短篇創作。

目次

繁星之夜——我對「台灣校際推理社團聯盟徵文獎」的期許／寵物先生 3
舞台上的密室／做偵探 10
【解說】推理小說的「骨」／藍霄 17
Taking Action／蘊毒 18
【解說】風格清新的校園推理小品／紗卡 39

高中時代／以羅 42
【解說】無怨的青春／心戒 56
我邂逅了那個少女／周小亂、余小芳 60
【解說】憨膽，或許是青春最佳的註腳／曲辰 87
食屍鬼／森木森 90
【解說】五分鐘的推理微電影，給不看推理小說的自己一個機會：〈食屍鬼〉解說／丙三 117
墮天使／森木森 120
【解說】〈墮天使〉解說／周小亂 152
藝術在命案之前／楚然、華而綺麗、Jimmy 154
【解說】女偵探大活躍：讀〈藝術在命案之前〉／呂仁 168

聞臭師／廖和明、葉荒 170
【解說】八十九分。很溫馨的小品！／vence 180
對不死者的復仇／葉荒 182
【解說】有骨也要長肉，才能活得好：評〈對不死者的復仇〉／細風 195
薦逐客書／Fish 198
【解說】聞議逐客，竊以爲喜——〈薦逐客書〉解說／路那 209
兩分錢幣／殺人種樹 212
【解說】魔術師偵探智破〈兩分錢幣〉／呂仁 232
發條紙鳶／菜民 234
【解說】節奏輕快明朗、風格清新自然：讀〈發條紙鳶〉／余小芳 255

都是他們惹的禍／慕痕　258
【解說】青春洋溢的校園日常推理／做偵探　274

舞台上的密室

做偵探

親愛的WindWt&dodetective學長：

學長你們好，不好意思，這麼冒昧地寫了這樣一封E-MAIL給你們，實在是有件事情想要請求學長們的幫忙。先自我介紹一下，我是學長母校S高校的學弟，叫做黃育德，是現任推理研究社的社長，學長們也分別擔任過推研社的正副社長，不曉得是否還記得像我這樣的一個小社員？學長們還在學校的時候，就曾經聯手解開學校發生的幾件案件，讓社團的學弟妹印象都十分深刻，也相當地景仰學長們，而這次的請求也是跟命案有關，希望學長們能夠解決這個謎團，讓被害的學妹在天之靈能夠安息。下面，就是在大家的合作之下，所整理出來的案件經過與線索，希望這對於學長有所幫助。

看到這裡，我忍不住回頭向一旁也正在閱讀這封E-MAIL的逸蹤說：「嘖嘖，沒想到我們的名氣這麼大耶，命案發生不找警方，找上我們幫忙，還眞有點奇怪。」

逸蹤只淡淡回了一句：「你往下看就知道了。」

學長應該覺得奇怪，為什麼我們不讓警方著手去偵辦就好，反而找上你們，事實上，警方目前也陷入膠著，因為這件案子在原先推測的狀況下根本沒辦法辦到，雖然警方根據動機去追查最有可能犯案的三個關係人，卻找不到證據。

還是先說明一下案件的經過好了。上週三是S高校一年一度的社團成果展，學長也知道成果展的評鑑關係到社團的存廢，而且評鑑前五名還有獎金可以拿，各社團無不使出渾身解數，我們推研社自然也不例外。為了弄出個大活動，我們在社團會議決議要與話劇社合作，來演一齣盛大精彩的推理劇。結合兩社的資源來籌劃活動果然跟預料的一樣有著相當顯著意外的成果，公演當天，大禮堂座無虛席。看到這麼多觀眾，大家也不禁興奮起來，希望能完美演出這齣話劇。當時的我們做夢也沒想到後來會發生這樣的事……

話劇進行到一半，那一幕正是女主角的獨白，全場只剩下spotlight照射在女主角，高二7班的李珮璇同學身上。正當她要說完最後一句台詞時，突然陷入了一片黑暗，真的是一片黑暗，連緊急指示燈都沒有亮。當時，我們都以為是跳電，學長也知道，大禮堂的線路老舊，有時候會突然停電，所以並不是很意外，正在想辦法解決問題時，燈又自動亮了，而在舞台上的李珮璇卻倒在台上，我和另一位同學馬上上前查看，卻赫然發現……一把水果刀，插在李珮璇的胸口上。

雖然是推理小說迷，看到真正的兇殺案還是會令人感到恐怖的，不過我還是馬上從震撼中清醒過來，連忙打電話報警。

二十分鐘後，警方趕到現場，並控制了一切狀況，而李珮璇也在五分鐘前被送往醫院搶救，但是後來她還是不幸往生。警方確定沒有人在案發後離開大禮堂後，便著手進行偵訊調查。

複雜的過程細節便不一一贅述，警方偵訊我們兩社工作人員，找出了三名有動機犯案的人。第一位就是話劇社的社長——李珮璇同班同學陳佩茹。因為陳佩茹的前男友，也是另一名有動機的關係人——王耀人，被李珮璇給橫刀奪愛，因此懷恨在心，而王耀人的動機則是最近發現李珮璇只是想要欺負陳佩茹，並不是真心地想和他交往，他對此感到相當不滿，兩人曾經吵過一架。至於第三人，也是話劇社的一員——李建宏。他曾經強烈追求過李珮璇，卻屢遭拒絕，在得知王耀人與李珮璇正在交往時，揚言他得不到的東西誰也別想得到。不過以上三人都強調，雖然他們都恨過李珮璇，卻沒有真正想過要置對方於死地。

這件命案所使用的凶器是一把握柄有改造過的水果刀，刀子正巧命中心臟，在警方打電話向醫院詢問時，我偷偷聽到的，刀子是從斜下方四十五度角刺入，沒有採到指紋。

原本以為調查一下三人的狀況應該就可以順利破案的警方，卻在查證不在場證明時失敗。停電的時候，身為話劇配角之一的陳佩茹正在舞台後面更換下一幕的服裝，那時候有好幾名工作人員在場，因此她不可能在這時候出去犯案。而李建宏則是負責燈光、音響等設備的控制，遠在禮堂後方二樓的他也無法跑去舞台犯案，何況電力恢復時，他還把日光燈打開讓我們處理狀況。至於王耀人，一開始警方認定他是這起案子的兇手，但在模擬當時情況後，便發現他也不可能犯案。根據大家的說法，燈暗燈亮的時間，可以肯定只停了四、五秒。王耀人是以男友的身分來觀賞女友李珮璇的演出。那時他雖然坐在第一排，卻沒有時間能夠從容地躍上舞台刺殺李珮璇再回座，而且最關鍵的一點是，舞台很高，我們用保麗龍在舞台邊緣做的布景裝飾，不是輕鬆可以一躍而上的，從觀眾席上舞台勢必會壓毀我們的布景，但是全然沒有那樣的痕跡存在，讓警方大感洩氣。這便是案發所有的經過，現在還困擾著警方。雖然警方也懷疑過其他人，但一來不是沒有動機，二來那場獨白也只有李珮璇在舞台上，其他人不是在後面，便是在台下，陷入了一樣的狀況。

補充一點，跟我一起上台查看的同學，他說在停電的那幾秒，聽到了奇怪的聲音，一種悶悶的響聲，不過當時由於停電的關係，稍微喧鬧了點，他說他也不是很肯定，雖然我覺得跟案子沒有關係，不過他還是要我跟學長說一下。

再次感謝學長撥空看完這封E-MAIL，希望學長能幫忙解開謎團。

高二15班　　學弟黃育德上

「你覺得呢？逸蹤，這案子看起來就像是密室殺人——無法進出的空間，至少看起來是無法自由進出而不留下任何痕跡，沒有任何人能夠接近死者，在眾目睽睽的情況下殺了死者，並且脫身。」

「有意思，學弟整理的過程頗爲完整，我想我有點想法了。」

「接下來，就只是回去看一下，驗證想法對吧？」

「沒錯，你還眞了解我啊。」

「那還等什麼，走吧！」

我和逸蹤在隔天，禮拜六，便回到久違的母校S高校，去大禮堂喚回記憶已經模糊的場景。不過卻被擋在禮堂外面，原因是警方尚未破案，不得進入破壞現場，我跟逸蹤只好另想辦法，跑去問了負責禮堂維護的工友一些事情，也驗證了最初的那個想法。

後來我們跑去找那位黃育德學弟，請他聯絡當天的那位警官，告訴他我們有新線索，並且請來相關的那三位學弟妹，學弟很高興地去辦我們所交代的事。

「我們這樣做，感覺架子好大喔，把警官請來這邊聽我們說話，不曉得那位警官是不是我們熟識的王千民哩。」我說。

「沒辦法啊，有些東西要現場才有辦法呈現啊，聽到現場還被維護我還滿高興的，我想證據應該還在。」

「不過，不是很強烈的證據呢。」

一小時後，所有人員都來齊了，幸運的是，負責人還是我們那位熟悉的王千民警官，也因此我們順利地進入禮堂，進行我們的推論。然而在此之前，我們也請了王警官讓鑑識人員幫忙做點調查。

「這件案子細節內容相信在場的各位相當清楚，我們也不再贅述，我只想指出來幾點奇怪的地方讓大家思考，第一點，兇手是預謀殺人，從那握柄改造過的痕跡便不難發現這點，那他是要如何地掌握突如其來的跳電進行犯罪？第二點，凶器刺入死者身體的角度相當奇怪，看起來是被比自己矮的人給刺殺，但是現場卻沒有任何人比死者矮上那麼多的。第三點，同時也是關鍵，兇手真有辦法上前刺殺死者嗎？不可能。」

逸蹤便接著說：「那麼，是不是兇手根本不必走到死者面前殺害他呢？這樣一來似乎就可以解決前述的問題了。我們大膽假設兇手設下了一個機關，讓燈光暗下來時也能夠殺害死者。至於燈光的問題，我們強烈地懷疑那根本不是跳電，跳電似乎也不太可能在那麼短的時間內恢復吧，只是兇手利用了大家對於大禮堂既有的印象，所進行的心理性詭計。而在同一時間內，啓動機關，殺掉被害人。可是兇手要如何鎖定目標？很簡單，只要他是活動的一員，清楚死者的走位，在那一時刻，他便可以準確無誤刺殺她。」

「根據這幾點，我們判定兇手就是——李建宏，只有你能掌握燈光製造假象，只有你能夠啓動機關，你也相當清楚死者的走位，所以兇手只可能是你。」我說。

只見李建宏一臉不屑地說：「就憑這樣就說我是兇手，眞草率，拿出證據來啊，我看抹黑別人是你們的專長，什麼校園神探，只是出一張嘴吧。」

「在那機關上，就有你犯罪的證據！」在聽到王警官的耳語後，逸蹤大膽地說出他犯罪的事實，接著便指了舞台上的某具機器——是台乾冰機。

那一剎那，我看到了李建宏臉色變了變，隨即強裝鎭定說：「哪算什麼證據，就算眞的是利用乾冰機作爲機關，也不見得是我設計的，身爲設備控管的負責人，我會碰到乾冰機也不奇怪吧。」

「那，乾冰機內部有你的指紋，這可就奇怪了吧，沒事你拆解乾冰機幹嘛，是不是要調整強度，才能讓刀子噴射而出，刺殺死者吧！」逸蹤不疾不徐地說，讓人感受到一股無形的壓力。

「這、這是……」李建宏開始支吾起來。

「有話到局裡面再說吧！」不愧是王千民警官，馬上補上一記，讓他無法狡辯。

事後，我們從王警官那邊得知兇手已經認罪，坦承被死者拒絕多次，又被羞辱，因愛生恨萌生殺機。

「不過，這證據其實也沒有說很決定性地指出來他的罪行哩。」我說。

「但是，也總算是解決了案件吧，這不就結了？」

「呃……」

（第一屆聯盟徵文參賽作，原發表於二〇〇五年）

【作者簡介】

做偵探

中國醫推理研究社的創始成員，不學無術，對於推理有著熱忱。目前是社會人士一枚，努力混口飯吃中。

【解說】

推理小說的「骨」

藍霄

這是作者幾年前參加學生推理營活動，試著嘗試寫作的推理小說。

篇幅相當短，但是把傳統推理小說的要素都點到了，整體結構也都是古典推理小說的常見設定。

若說是極短篇推理小說並談不上，因爲少了極短篇推理小說要求的翻轉驚奇感。

所以說，我覺得這是一篇推理小說的「骨」。

也就是說類似很多推理小說作者在寫作小說之前的草稿。

骨架有了，缺的是鋪陳情節的血肉。

【作者簡介】

藍霄

一九六七年生，台灣澎湖人，推理小說作家、評論家及婦產科醫師。本名藍國忠，高雄中學、中國醫藥學院醫學系（後改名為中國醫藥大學）、長庚大學臨床醫學研究所碩士、博士畢業。高中時閱讀社會派大師松本清張的《砂之器》而啓蒙；醫學院時期，閱讀新本格派的理論文章而動念寫推理小說，以尋求台灣推理小說的表達形式與精神為自我的寫作目標。

Taking Action

蘊毒

一

「妳們聽說了嗎？七班也被偷了！」

「眞的嗎？七班有我認識的人欸。」

「嗯，聽說這是最慘的一次，全班被洗劫一空，十六班和二十三班的情況都沒這麼慘。」

「怎麼說？」我問。

「不只是錢，所有的手機，不管是便宜的還是貴的，全都被偷了。」

「啐，哪個人窮成這樣？」心直口快的小涓說道。

「不盡然。」一個冷冷的聲音從漫畫堆裡冒出，那是亞筑。高三考試多，我們班卻出現各式各樣宣稱紓解考試壓力的行徑——例如亞筑瘋狂看漫畫。

「有些慣竊只是因爲手癢，不是因爲缺錢，這算是一種強迫行爲。」她用一貫冷靜的口吻說道。

「都已經發生這麼多次了，學校爲什麼還不報警？」小涓不滿問道。

「簡單一句，家醜不得外揚。」

我了解亞筑的意思。我們學校是女校，門禁還算嚴格，由於外人不得任意進出校園，所以這些竊案幾乎肯定是我們的學生犯下的。再者，我們學校一直是前幾名志願的知名高中，這位超級重視表面功夫的新校長，一定不希望才上任不久，學校就傳出負面消息吧？

「眞搞不懂，所謂的名校，到底是名字重要，還是學習環境重要？」說著，亞筑又拿起漫畫。

「光是抱怨有什麼用？」說話的是毓蘅，由於她的座位就在我們附近，所以在午餐時間吵雜的教室裡，還能聽見我們的對話。

「哦？請問糾察大隊長有什麼高見嗎？」亞筑用挖苦的口吻問道。

毓蘅不僅是我們班的現任班長，同時也是前任的糾察隊大隊長。不知道爲什麼，她和亞筑經常用這種針鋒相對的方式說話，然而她們之間卻沒有眞正的敵對關係。

亞筑還沒開口，教室裡的另一端突然傳來「碰！」一聲，如同氣球破掉的聲音。

「亞筑，還是這種紙最理想！妳聽到了嗎？超大聲耶！」大頭朝這裡揮著手上的東西。

亞筑咧嘴一笑。在校慶園遊會之後，亞筑從氣球爆炸聲想起小時候玩的一種名爲「紙槍」的摺紙，用力一甩就會發出「碰」的聲音。我和大頭還有亞筑試過講義、考卷、報紙、補習班傳單——只用雙面印刷的，因爲單面廣告單是寶貴的計算紙——企圖找出可以讓紙槍發出最大聲音的紙。

毓蘅站了起來，經過我們座位的時候，挑釁般對亞筑說道：「有時間看漫畫、摺紙和抱怨，還不如做點什麼可以改善情況的行動。」

亞筑冷冷回道：「那妳呢？妳又做過什麼？」

毓蘅沒理她，從我們身邊走過。

亞筑放下漫畫，她的臉色有點陰鬱。她把十幾本漫畫猛然掃到旁邊的窗臺上，接著從抽屜拿出一張廣告紙，在空白的背面畫下我們教室所在的這棟H型建築的平面圖。「中間橫排有八間教室、兩旁直排各有四間，十六班和二十三班皆位於西側二樓直排與橫排的交會處，算是視覺上的死角。」她在圖上分別標注那兩間教室的位置。「根據看到的同學表示，竊賊做案時會拉上窗簾。」

「西側教室下午陽光直射，所以趁全班上外堂課的時候，拉上窗簾做案算是滿聰明的。」我想了想。

亞筑對我微笑，而一旁的小涓興沖沖問道：「妳想找出犯人嗎？」

「不，」亞筑懶洋洋地往窗臺一靠，「我對找犯人、扮偵探沒什麼興趣——我只對犯罪有興趣。」

「什麼意思啊？」我不解問道。

「找到犯人又怎樣？」她淡淡說：「學校頂多來個記大過退學，根本不會做任何的改進。我幹嘛做這種事？」

「欸，好歹算是幫助同學嘛。」小涓不滿地說：「喂，妳也是這所學校的學生耶！」

「不行，我不想做白工。下次再發生這種事，學校絕對還是維持一貫的姑息，這算哪門子的幫助同學？」

「那妳打算怎麼做？」我問。我知道亞筑一定想要做些什麼，否則她才不會特地放下漫畫講出這段話。

亞筑露出一抹詭異的微笑：「我想自己來幹一票。」

「什麼？」我和小涓異口同聲問道。亞筑到底在打什麼主意？她到底有沒有解決問題的打算啊？

「剛才毓蘅不是說，光在這裡抱怨無濟於事嗎？」

「她根本沒有叫妳去偷啊！」小涓立刻反駁。

亞筑一臉不在乎說道：「這是我唯一想到的方法，不好意思，我頭腦簡單。」

我還算清楚亞筑的個性，知道她不是在開玩笑，所以小心問她道：「妳打算怎麼做？」

她認眞看著我，「爲什麼我要告訴妳？」

「別鬧了。」小涓不悅道。

亞筑淺淺一笑，「兩位，我是認眞的。所以我不想再多說什麼。」她的語氣相當堅定。

我們就這樣面面相覷坐著沉默了一陣子，最後我打破僵局：「假如妳成功了，那些東西怎麼處理？」

亞筑看了我一眼，回答：「當然是物歸原主。我的目的只是逼學校改變息事寧人的態度而已。」

我們又沉默了一陣子。

我相信她，也知道她處世的態度一直都是這樣，嘴上說自己是毫無道德可言的人，但實際上她只是很有自己的想法，遵從自己的一套原則。

她眞的可以達到改變學校處理問題態度的目標嗎？

我不知道，可是她的提議讓我有點心動——儘管我知道這個方法根本是邪門歪道。可是，到底有什麼辦法可以讓我們這些力量微不足道的學生影響學校的政策呢？

經過一番掙扎，我開口道：「我加入。」

亞筑似乎早料到這個答案，她只是平靜地提醒我：「艾凌，妳知道這個決定存在妳可能被記大過退學的風險嗎？」

「我知道，但我已經決定了。」

「絕大多數人是不會支持我們這種行爲的。」

「我知道，可是除此之外，還有什麼有效的方法嗎？」

她微笑頷首，我知道自己一直被她牽著走。

亞筑很可怕的一點，就是她很了解別人，知道怎麼樣透過不著痕跡的方式，讓別人跟著她走。

「我也加入。」小涓跟進。

不同於亞筑的認真，其實我和小涓多少抱著好玩的心情。

亞筑斂起笑容，嚴肅地對我們說道：「有些事我得先講清楚。這或許是個遊戲，但我們必須認真玩，不但要達到目標，還要能夠全身而退。合作有優點，可是缺點也不少。既然決定共事，我們彼此間什麼話都要說清楚，了解嗎？」

平日的慵懶和隨性消失了，此時她變得嚴厲和一絲不苟。

「我們要發誓嗎？」小涓問。

「那種東西沒什麼用。」亞筑說：「誓言只會被打破，從來不會被遵守。」

無形中，我感覺到壓力。雖然有點緊張，但這是一個令人興奮的計畫。

二

亞筑從書包拿出行事曆——我和小涓交換了一個眼色——開始了。

放學後，我們一起去學校附近百貨公司的地下美食街。亞筑說：「那裡人多口雜，是個不錯的地方。」在這個吵雜的空間，我們三個靠近低聲講話，旁人確實不容易聽到。

「我的計畫是後天，星期四。」

「這麼快？」我感到相當錯愕。

亞筑沒有回答，她轉頭問小涓：「我記得星期四下午妳會提早回家，對吧？」

「嗯，我堂姊結婚。」

「看來我沒記錯。」

「等等，」我突然想到，「亞筑，其實妳已經計畫很久了，根本不是因爲今天毓蘅說的那句話，對不對？還有，妳早就料到我們會加入，對不對？」

亞筑聳聳肩，「我的確有計畫，可是我沒有想到妳們會加入……好啦，我的計畫是這樣——隔壁九班在星期四上午的第四節課是體育課，我會假藉上廁所的名義溜出去，然後去她們班搜搜看。艾凌，看妳決定到時候要不要一起跟來。」

「妳要怎麼開門？」我提醒她，「現在大家都會確認教室的每一扇門都鎖好了才離開。」

亞筑淡淡一笑：「沒錯，九班的門都可以上鎖——包括電腦桌旁的前門，但門邊的窗戶卻卡死鎖不上。雖然電腦擋在那裡，不太容易爬窗進去，但伸手進去從裡面把門打開卻是易如反掌。學校有錢做造景、在體育館掛畫，居然沒錢修門窗或修廁所。」她冷冷說：「還有，現在大家都會把手機和錢包帶出去，所以我設定的目標是隨身聽和翻譯機。最後，理想狀況是兩分鐘之內完成，重點是『偷』，至於偷多少東西，那不重要。」

我看著她陰沉的側臉，我能夠理解她對學校的不滿——我們不少人都對學校的某些作風不滿——但她的手段卻有點……激烈。

「我猜，我可以幫妳在外面看著。」我說。闖進隔壁班的教室「行竊」，這種行爲對我而言還是太刺激了。

「好，就這麼說定了。」亞筑立刻說道：「小涓，我會把偷來的東西放在教室外面……應該是資源回收的紙箱裡面，一下課妳就去拿，然後簽外出單離校回家，沒問題吧？」

「嗯。」小涓點了點頭。

我還記得幾個星期之前，小涓隨口提到某天要請假提早回家。當時我們還調侃她，說現在大多數人辦婚宴都會挑選週末，爲什麼小涓的堂姊偏偏選了一個平常日。我不禁懷疑早在那個時候，亞筑就開始醞釀這個計畫了。

「雖然到目前爲止，學校都沒做出搜書包的行爲，但保險起見，我們還是早點把贓物弄出校園。」亞筑說。

「然後呢，要我帶回家去嗎？」小涓問。

「不，」亞筑說：「妳會搭火車回家，對吧？妳用過火車站的寄物櫃嗎？」

小涓搖搖頭，「從來沒用過。」

「寄物櫃在三樓辦公區附近，很好找。放好之後把寄物櫃的編號和密碼傳簡訊給我，接下來我會想辦法。」

「密碼我可以先說給妳聽啊，我常用的是——」

「不，妳投錢之後，機器會吐出一張印著編號和密碼的紙；要取物的時候鍵入密碼開啓寄物箱，車站使用的寄物櫃是這種類型。」亞筑說明。

「那接下來呢？妳要怎麼處理那些東西？」我問，不是很想使用「贓物」這個詞。

「還不確定。」亞筑皺眉回答：「有個不確定的環節，我現在還不知道會發生什麼事……總之，如果順利的話，應該會鬧得比我預期的還要大。」

「什麼意思啊？」小涓問。

不只是小涓，老實說我也不懂。既然要一起合作，爲什麼她不把話講清楚？

亞筑搖搖頭，回答：「不是我對妳們隱瞞，而是因爲我也不知道會發生什麼事……應該說，有人會接手，並且做得更誇張吧？我的直覺是這樣。」她又搖了搖頭，彷彿想要把疑惑甩掉一般，「到時候就知道了，現在想太多也沒用。」

「感覺上，我要做的事很少。」我說。

「哦？」亞筑看著我，聳肩道：「小組就是要分工合作啊。再者，最後收尾的工作需要藉助妳的長才……至於內容嘛……到時候再說，因爲我也不確定。」

「耍神祕。」小涓笑道。

「不是耍神祕，而是我眞的沒把握。坦白說，計畫是不可能十全十美達成的，現在只能制定大概的方向，許多執行上的細節必須再慢慢修正，這樣才能把事做好。」亞筑把玩著手上那本從頭到尾都沒有打開的行事曆，「大概就是這樣，還有問題嗎？」

我和小涓搖搖頭。簡單易懂的計畫，但不知道實際執行起來能不能成功。

我有點緊張、也有點興奮，這是我第一次參加的「犯罪計畫」。

事後證明，亞筑說對了，事情眞的鬧得比我們預想的還大。

我的意思不是稱讚亞筑料事如神之類的，而是……有些時候，我有點怕她。亞筑不是那種自命不凡、居高臨下看著其他人的人，而是始終冷眼旁觀，以一種超然物外的微妙方式存在。

根據我從小學到高中的經驗，班級的組成通常是彼此之間可能沒什麼來往的小團體，以及獨來獨往的人——我們這班也沒有例外。然而，亞筑特殊的地方在於，她是個獨來獨往的人，但她身上有某種不知名的特質會吸引其他獨來獨往的人靠近她，我和小涓都是其中之一。更甚者，她還會把已經存在的小團體往她的方向吸過去。並不是說亞筑會帶著一大群人一起行動，而是各自行動的人在停下來的時候，會不經意尋找她身邊的位置。

不過，在當時，班上另外一個極爲特殊的獨行俠還沒有加入我們。

三

星期四。

我眞的很緊張，擔心失敗、擔心被抓。早上三節課我一直坐立不安，根本聽不進老師在講什麼。小涓的情況看起來還好，大概是她負責的部分危險性不高的緣故吧？至於亞筑，她跟往常一樣專心聽課、做筆記，不過從她桌上多了幾隻摺紙動物的情形看來——亞筑曾說摺紙會讓她平靜——她也沒辦法對第四節課的行動掉以輕心。

結果，到了第四節課的時候，我緊張到肚子痛，根本無法動彈。

物理老師看到坐前排的我一反常態趴在桌上，便問我：「妳怎麼啦？」

「肚子痛。」我有氣無力回答。

她點點頭，似乎誤認爲是生理痛，「要不要去保健室拿熱敷袋啊？」

我搖搖頭。

「妳是不是痛到走不動啊？」古道熱腸，但說話總是少根筋的老師又問。

「老師，」坐在後排的亞筑突然說話：「我看艾淩大概痛到不方便走去保健室，要不要我去幫她拿熱水袋？」

「喔，好，妳趕快去。」

我回頭看了一眼亞筑，覺得很抱歉，緊要關頭居然這樣。她面無表情走出教室，往保健中心走去。

我突然覺得好慚愧，明明講好的事，卻因爲臨時自己身體不適而退縮。

小涓看了我一眼，我可以感覺到她的憂心。

不知道是不是我多心，我覺得毓蘅看我的眼神有點奇怪，似乎她察覺到什麼不對勁。然而，這可能只是我的心虛帶來的錯覺。

我一直偷瞄手錶，經過如坐針氈的七分鐘之後，亞筑拿著熱水袋回來了。

她把熱水袋拿給我的時候，我低聲向她道歉：「對不起。」

她伸手輕輕推了一下我的頭，彷彿在掩飾什麼。「客氣什麼，拿去。」接著，她像是什麼也沒發生似的，坐回位置上繼續聽課。

接下來的半節課，可能是因爲心情輕鬆，肚子也漸漸不痛了。我打起精神聽完早上的最後一堂課，讓自己不再胡思亂想。

下課鈴響，老師宣布下課的下一秒，我走到亞筑的座位旁邊，「眞的很對不起。」我說。

亞筑體諒地笑著，低聲說道：「我說過，計畫是不可能十全十美達成的——」

「欸欸，我走啦，再見再見！」小涓匆匆忙忙背好書包和背包，向大家揮手。班上響起零落的再見聲，我和亞筑都向她揮揮手，「別吃壞肚子喔！」亞筑笑著對她說。

看起來她心情還不錯，我不禁放心了。

到蒸飯室拿便當的時候，我經過九班，看到她們班的氣氛似乎不大對勁。我拿了便當之後立刻趕回班上，往亞筑前面的空位一坐，把她桌上的漫畫挪開，清出一個空位好放我的便當，「喂，妳眞的……」

「啊？」她從漫畫裡抬眼，朝我咧嘴一笑。

「教官室報告、教官室報告，請全校班長到教官室集合。請……」

聽到廣播聲，我知道亞筑已經動手了——在幫我去保健室拿熱水袋的途中，她執行了我們預定的行動。

坐在亞筑斜後方的毓蘅從椅子上站了起來，她朝我們看了一眼，離開教室前去教官室集合。

「我覺得毓蘅好像知道些什麼。」毓蘅走出教室之後，我不安地對亞筑說。

「哦？是嗎？」亞筑滿不在乎應了一聲。

「那是因爲妳沒有看到她的眼神。」我說：「我覺得她一定發現了。」

亞筑笑著拍拍我的肩膀，「別緊張，妳想太多了。」

「是嗎？」我半信半疑。

不過，看到亞筑信心滿滿的表情以及她悠哉看漫畫的模樣，我覺得自己大概不用擔心。

一面吃飯，一面詢問亞筑犯案的過程，但她只是輕描淡寫說，大致照著之前的計畫，沒有什麼突發狀況。

「當時我抱持的唯一原則就是快速，這個位置一時間找不到任何東西就馬上換到下一個位置……大概就是這樣吧？」

聽她的語氣，好像在做一件例行公事，那麼自然、那麼冷靜。

如果不是認識她兩年多，我還眞會以爲之前的案子都是她犯下的。

看來，這部分順利達成了，但接下來呢？

我們眞的能成功嗎？能全身而退嗎？

下午第一節體育課。一如往常，大家把手機和皮包——現在多了較貴重的隨身聽和翻譯機——交給班長統一保管。毓蘅從教官室回來的時候，宣布了早上隔壁班遭竊的事，叮嚀大家要小心保管自己的貴重物品。

亞筑是體育值日生，下課後先去體育館搬器材；我則是今天班上的值日生，負責關門窗。毓蘅依舊是一貫的小心謹愼和盡責，留下來監督值日生確實鎖好門窗。

門窗關好後，我正打算去體育館，卻被毓蘅叫住，「艾凌，陪我去一趟教官室放東西吧。」

前陣子校園竊案頻傳的時候，教官室外面放了一排寄物櫃，提供外堂課——尤其是體育課——的班級寄放貴重物品。不過，那個寄物櫃僅供存放全班集中管理的物品，禁止個人使用。

「喔，好。」我默默跟在毓蘅旁邊。

「妳的肚子還痛嗎？」

「嗯，不會了，我已經好多了。」

我們就這樣有一搭沒一搭聊著，一起走到教官室。「嗨，教官。」毓蘅用和熟人聊天的口吻跟生輔組長打招呼。

「喔，上外堂課放東西啊。」

校園裡的教官已經沒有昔日的權威和不可冒犯，再加上我們學校的教官多是女性，相處模式猶如溫厚長輩跟學生。生輔組長是個和藹的大媽，她憂心忡忡對我們說：「你們隔壁班被偷了耶，這次眞的很嚴重。」

我聽了心頭一緊，不過毓蘅似乎沒有察覺，她問：「還是不打算報警嗎？」

生輔組長搖搖頭，「校長啊……唉。不過這樣也是啦，鬧出去對學校的名聲不好，到時候很多家長打電話進來，超麻煩。」

毓蘅說：「雖然說警方找到人的機率也是很小，可是再抓不到人，最後還是得報警吧？」

生輔組長回答：「既然抓不到，就不需要報警，省得麻煩。」

毓蘅似乎頗不以爲然，但她只是說：「那我們先去上課了。」

「喔，快去吧。」

我們走出教官室，來到寄物櫃前。可能是受到中午竊案的影響，一向被大家嫌麻煩、使用率偏低的寄物櫃，現在看來借用的班級還不少。毓蘅隨意挑了一個空箱，把裝著班上同學所有財產的袋子放進去，設定密碼，鎖上櫃子。我瞄了一眼，0310，是我們的班級。毓蘅朝我一笑，「我總是忘記數字，這樣才不容易忘。」接著把密碼撥亂。

今天體育課上籃球，後面二十分鐘分組比賽的時候，我很高興自己跟毓蘅分到同組。她是那種體育強、功課好的女生，儘管也是獨行者，但她在班上滿受歡迎的——只是我和她一向沒有交集。跟她同隊眞的很幸運，看到那隻戴著黑色護腕的手幾乎每次都能抄球成功，我就會很慶幸自己是她的隊友。

下課之後，由於體育値日生亞筑要把整簍籃球扛回體育室，所以我跟毓蘅去教官室拿回寄物櫃裡的袋子。一路上我和她有說有笑聊了起來。我一直認爲毓蘅是個認眞嚴肅又追求完美的人——實際上，她給我的感覺還是那樣，但我發現她遠遠沒有我想像中的難以親近。

然而，在我們打開櫃子、拿出袋子的瞬間，我們再也笑不出來。

袋子安然躺在櫃子裡，但這個牛仔布提袋看起來是空的。

「見鬼……」毓蘅臉色大變，伸手進袋子摸了摸，一副不敢置信的模樣。我湊上前去，探頭一看，袋子裡空無一物，完全沒有任何東西的影子。

我們面面相覷，好半天說不出話來。

班上吵成一團，來上課的生物老師也只能無奈坐在一旁。

放在寄物櫃的東西不翼而飛？眞是匪夷所思！

「妳有把櫃子鎖上嗎？是不是沒鎖啊？」

「妳是不是忘了把密碼撥掉啊？」

「現在怎麼辦？公車月票放在皮夾，手機也沒了，我要怎麼回家啊？」

「我還要去補習耶！」

吵鬧聲此起彼落，站在講臺上的毓蘅只能一語不發低著頭。

她也是受害者啊！難道沒有人注意到嗎？

看到這個景象，我覺得很難受，轉頭看著坐在教室後方的亞筑。突然間，我發現自己很依賴亞筑，求助時，總是往她所在的方向看去。

亞筑的表情有些漠然，似乎在想什麼，對於我的求救視若無睹。

「同學們，安靜點，隔壁班還在上課。」生物老師喊道。

我們的東西這樣莫名其妙不見，誰管隔壁班上不上課啊？有時候眞覺得這些老師們腦袋裝的都是漿糊，完全搞不清楚狀況。

「拜託妳們安靜點好不好？又不是毓蘅的錯。」我大喊，眼眶很不爭氣溼了，「她也掉了東西啊，她也是受害者好不好？」

班上稍微安靜了一點，攻擊毓蘅的言語轉變成各自議論。

「同學，請聽我講幾句話。」

亞筑開口了，班上霎時寂靜無聲。這時我才突然想起，這個成天埋首漫畫堆的傢伙，其實是每天默默寫著教室日誌的副班長。這個場合由亞筑出來講話，還滿合適的。

「說到慘，我也很慘啊！沒錢、沒提款卡、沒手機，我怎麼辦？大家都很慘，毓蘅也是。我們不應該怪毓蘅，該怪的是拿走我們東西的人。」

我和其他人一樣愣愣看著亞筑。她說的沒錯，每個人都很慘，而身為住宿生的亞筑可能是受波及最嚴重的人。

「毓蘅有任何疏失嗎？艾凌？」亞筑望著我，問道：「妳不是跟她一起去教官室嗎？妳記得她有確實鎖好寄物櫃嗎？」

我很肯定點頭，說：「我確定。毓蘅不但有設定新的密碼、有鎖上櫃子、最後還把密碼撥亂。」

「好啦，這不就了結了嗎？」亞筑理所當然說道：「毓蘅已經盡責了，我們就別再怪她了。毓蘅，回來吧，老師在旁邊等著上課很久了。」

亞筑最後還順便嗆了素來和她不合的生物老師，貌似心情很好般朝我咧嘴一笑。

在毓蘅走回座位經過亞筑的身邊時，我聽到她低聲說了這句：「謝了。」

「咦？怎麼可能？」

下課後，教官找我和毓蘅去教官室，跟我們說監視錄影帶紀錄的費解現象。那個時段雖然也有其他的班級使用寄物櫃，但從我們將使用的寄物櫃上鎖之後，直到體育課結束我們打算取回袋子，這段期間裡，根本沒有人開啓這個寄物櫃。

「根據錄影帶，有別的班級的人打開別的櫃子，可是沒有人打開你們放東西的那個櫃子啊！」教官們也感到困惑不已。

「這些東西怎麼可能憑空消失？」毓蘅堅持：「一定是有人拿走了。」

沒錯，我們寄物時那個裝滿班上同學貴重物品的袋子，拿出來的時候居然空空如也。

「這件事妳們先不要說出去，我們會繼續調查。」主任教官說。

「連班上同學也不能知道嗎？」毓蘅語帶不滿，「掉東西的可是我們耶。」

主任教官沉吟一會，「好吧，跟班上同學說，我們根據監視錄影在找犯人，還有叫大家不要聲張這件事。」

不要聲張？家長一定會知道，到時候，還能瞞得了嗎？

不知道為什麼，我居然開始懷疑這是亞筑搞的鬼。這也是她的計畫嗎？

不可能。事發當時我們都在上課，而且她是體育值日生，比大家早抵達、晚離開體育館，根本沒有機會來到教官室拿走班上的東西。

況且，要怎樣才能避開監視攝影機呢？

竊賊到底是怎麼辦到的？

四

「妳們聽說了嗎？三年九班被偷的東西和三年十班從寄物櫃消失的東西，都找到了耶！」

「真的嗎？怎麼找到的？」

「說起來好笑，聽說是有人把那些東西寄到校長家的。」

「啊？真的嗎？」

「對啊對啊，裝在同一個箱子裡，透過貨運送到校長家……聽說寄件人塡的名字還是主任教官呢！」

「哈哈，也就是說這是惡作劇嗎？真是的，鬧得這麼大，還上報咧。」

「丟臉丟透了。」

「會嗎？」因為我突然插話進來，公車上那群原本高談闊論的學妹們愣了一下，「這真的是丟臉的事嗎？如果不是發生這種事，學校對竊案的態度大概會跟以前一樣消極不理會吧？」

「到底是怎麼回事啊？」小涓抱怨：「我不在的那個下午居然發生這種大事！」

亞筑聳聳肩，「還好啦。」

「是妳寄的嗎？」我問。直到今天，我終於有機會問這句話了。那個事件距今已足足過了一個星期。在此之前，亞筑禁止我們談論那件事，說什麼要等風頭過後，才會開始檢討。雖然有滿腹疑問，但我一直忍著好奇沒有問——直到現在，體育課的自由練習時間，小涓終於提了。

「當然不是。」亞筑笑道：「我哪有主任教官的電話和地址呢？」她笑著轉過頭，問：「對吧，毓蘅？」

毓蘅冷笑，「妳算得還眞準啊。」

「咦？是妳寄的？」小涓驚訝問道。

「那麼，寄物櫃裡的東西是……」我覺得我的腦袋打結了。

亞筑打岔：「我口齒清晰我來說。小涓傳簡訊告訴我車站寄物櫃的號碼和密碼，我把簡訊轉發給毓蘅，因爲我相信她一定能走出最出色的一步棋。果然，前任糾察大隊長，和教官們很熟的毓蘅利用主任教官的名字、電話和地址，把這些贓物寄給校長。這比我預想的還要理想！眞是太感謝妳了！」

她露出少見的欣喜雀躍，好像隨時都會跳過去抱住毓蘅轉圈圈的模樣。

毓蘅聽了，搖了搖頭，埋怨道：「爲什麼我覺得自己好像被妳遙控似的？一封簡訊我就乖乖去車站拿贓物而且還郵寄出去？多謝妳這個需要搬家的住宿生提供主意，找那家收費便宜、一通電話到府載貨的貨運公司啊。」

「不對，」我打斷她們兩人的互相恭維，「亞筑，妳接到小涓的簡訊，最快也是星期四午休的事；妳要轉發簡訊給毓蘅，最快也是午休到下午第一節的體育課之間。可是，體育課之後我們的東西就從教官室的寄物櫃消失了，妳有沒有想過，萬一毓蘅還沒來得及看到妳的簡訊呢？」

亞筑和毓蘅相視而笑。亞筑自顧自笑得很開心，而毓蘅嘆道：「我只能說，這傢伙完全摸透我了。」

「艾凌，」亞筑說：「那天妳的感覺沒錯，毓蘅的確察覺到了些什麼，我想她可能隱約猜到九班的竊案跟我們有關。我知道她跟我們一樣，都想迫使學校改變一貫的態度，所以我很放心把這件事交給她……另外，兩個班級失竊的東西一起寄出去，這個點子不是很好嗎？」

「妳一開始就知道我的計畫？還是後來才猜到的？」毓蘅問。

「我知道妳會採取行動，但我不知道時間點和方法。」亞筑回答。

難道這就是當時亞筑所說的「不確定環節」嗎？等等，剛才亞筑提到「兩個班級失竊的東西一起寄出去」，還有她把贓物交給毓蘅處理……

我瞪著毓蘅，問：「是妳拿走我們班的東西？從教官室的寄物櫃？」

「是的。」毓蘅點頭。

「妳怎麼辦到的？」我驚呼道。

「喂，那邊幾個同學，不要聊天，叫妳們練習發球不是叫妳們趁這個機會講話！」體育老師朝這裡喊道。

小涓連忙開始練習發球。她的球飛得老高，但過網後只掉在三公尺線附近。

「是氣球對吧？比方說校慶園遊會出現的那種，可以折來折去的造型氣球。」亞筑解釋：「艾凌看到毓蘅放進寄物櫃的袋子，裡面裝的其實是氣球；而裝了全班同學貴重物品的袋子，妳留在教室沒有帶走，對吧，毓蘅？」

「妳說的沒錯。」毓蘅點頭，「我有兩個一模一樣的提袋。」

也就是說，我跟毓蘅去教官室旁的寄物櫃放的那個袋子，裡面裝的是氣球？所以，下課後我看到空無一物的袋子，是因爲氣球消氣之後幾乎不占任何體積的緣故？「氣球破掉不是會發出很大的『碰』聲嗎？」我問，同時想到紙槍。

唉，果然我是排球白痴，發球的高度雖然可以媲美小涓的發球，但落點卻在自己這邊的三公尺線上。

「用腰，妳要用轉腰的力量。」亞筑喃喃說道，接著示範了一個輕鬆的體側發球，壓低平飛且快速的球過網後朝底線砸去。「不知道妳小時候有沒有玩過，在氣球上貼一小段膠帶，然後在膠帶上刺一個小洞，氣球不會爆炸，反而是慢慢洩氣？」

喔，原來如此啊。

也就是說，毓蘅把袋子放入寄物櫃時，已經在氣球上刺了小洞讓它慢慢消氣？另外，當時她伸手去袋子裡面摸，其實是撈消氣的氣球？

那她把氣球藏哪呢？對了，是護腕！

難道，那天毓蘅邀我一起走，就是爲了完成她的計畫嗎？利用我當目擊者？一想到這，我瞬間情緒低落。

「對了，艾凌，一直沒有好好跟妳道謝。」亞筑輕輕捶了一下我的肩膀，彷彿要我打起精神似的。「多虧了妳，讓這整個行動發揮了最大的功效，多謝啦。」

「啊，我也只能幫得上這種忙。」我有點不好意思。身爲資訊社幹部，管理學校ＢＢＳ的我，除了在我們學校的板上散布這個消息之外，還利用人際關係在我們學校學生常去的友校ＢＢＳ板上提到這件事。

總之，這個消息如滾雪球般越滾越大，到最後「贓物被寄到校長家的惡作劇」也上了報紙，學校因此被迫改變處理竊盜案的方式。

所以說，我們算是成功了吧？

「毓蘅妳也眞厲害，竟然想得到這種方法！」小涓讚嘆道。

毓蘅冷笑一聲，說道：「我跟那個看到氣球只會想到摺紙的人不一樣。」說完，退到發球線後大約五步，把球往上一拋，用炫麗的跳躍式肩上發球把球狠狠打過網。

（第一屆聯盟徵文首獎暨人氣獎，原發表於二〇〇五年）

【作者簡介】

藴毒

台大推研社第九屆社員。喜歡推理，但閱讀量普通，自認是個推理和科幻的愛好者。

【解說】

風格清新的校園推理小品

紗卡

（本文涉及謎底，未讀勿看）

因不滿校方忽視校園班際間的偷竊事件，書中主角群們憤而採取行動，策劃並巧妙犯下竊盜罪行，把事情鬧大，逼學校正視問題。書中人物的做法雖有爭議，但作者賦予本作品的企圖心非常明顯。利用推理小說抒發不平之鳴，讓本作更顯得青春熱血。

本作品初稿創作至今，已經歷一段時間，社會風氣亦有所變化。時至今日，相類似的事情只要爆料給記者知道，多半都會迫使校方做出回應；但這種「即刻見效」的做法是好是壞，以及後續效應是福是禍，恐怕都是更值得深思的問題。然而，即使回到本作品相對應的年代，書中人物似乎認爲只要將竊盜事件擴大，然後讓警方介入，事情可望獲得解決。但眞實世界裡，警方的介入會不會只帶來更大的失望，其實仍未可知。

由小說本身來看，由於圍繞著前述的中心主旨，因此造就了非常有趣的設定：一群單純的女孩，爲了遂行正義的目的，因而採用了犯罪的手法。當然，在法律實務上小說裡的竊盜罪是否該當，仍有很大的討論空間。再者，本作品其實跟一般推理評論經常稱呼的「犯罪小說」，只差一小步。如果作者能夠再花點篇幅，在劇中安排某位偵探角色登場，巧妙識破主角群的詭計，這會讓整部作品的完成度更高——而不是在傳達作者創作理念之後，小說便結束了。

作者安排的詭計倒是相當精巧。儘管中心詭計的道具——氣球——並不特殊，但作者用來包裝詭計的劇情橋段，相當用心編排。包括一開始雖然由三個人進行偷竊計畫，但真正的關鍵人物卻在這個圈子之外；然後計畫進行中出現變數，這時才巧妙地、偷偷地把詭計關鍵擺進來；最後，把整個魔術手法在主角以及讀者面前上演，節奏安排相當到位。

故事角色都是高中女生，口吻與情節倒是相當符合人物設定，但文字描寫卻又不會染上高中生的青澀；作者的確選擇了非常合宜的故事背景。角色個性鮮明，人物敘述生動，再加上輕快的劇情，都是吸引人閱讀下去的良好因素。這當然是部成功的小說，也順利傳達了作者的中心主旨。不過還是有個問題要提一下：爲了推動劇情，作者需要讓筆下角色去做某些事情，然後作者會補充說明該角色這麼做的原因。例如讓某角色跳出來講話時，補充說明她是副班長；又例如要解釋消息傳上網路鬧大的原因，補充說明該角色具有資訊社幹部兼BBS管理人的身分。我個人覺得，這雖讓劇情合理化，但整篇小說讀起來斧鑿痕跡卻過於明顯。比較恰當的做法是，小說初稿完成後，試著將這些「事後諸葛」的補充說明，透過改寫巧妙地安插到劇情當中。例如上面那兩個說明，可以融入於開場：前一位角色正迅速寫好教室日誌好開始看漫畫；後一位角色則可以開玩笑地說要將對方糗事放上BBS，或是提及在BBS讀到的什麼報導。諸如此類的安排，可以合理解釋這些角色的後續行爲，而不會讓讀者覺得，作者是寫到哪才想到哪。

當然，這些只是我個人的粗淺看法。最後還是要講，寫小說不算難事，困難的部分在於得拿出來給大家看，然後還得「欣然」接受大家的批評。在這種酸民當道、本土推理還得跟歐美日暢銷鉅著同場廝殺的艱難環境裡，這些推理創作者，個個都值得稱讚。

【作者簡介】

紗卡

曾為中正推理小說研究社社員，目前是推理文學研究會（MLR）成員，曾任遠流《克莉絲蒂電子報》與《謎人電子報》主編。參與獨步《謎詭》推理情報誌系列刊物撰稿，以及東野圭吾、宮部美幸、恩田陸、麥・荷瓦兒（馬丁・貝克探案）等作家中譯作品之導讀或解說。育有一女。

高中時代

以羅

偉倫按下換行鍵，打下「全劇完」三個字，存檔，鬆了一口氣。他轉轉手臂轉轉脖子，活動一下因長久工作而酸痛的筋骨，再站起來伸了個懶腰，拉開喀喀作響的背。

這是系上選修課程期末要製作的劇情短片劇本，偉倫自告奮勇當編劇。

他急於完成這次的劇本。一開始寫了，就像著了魔一樣停不下來。直到最後這一天，甚至爲了完成結局而熬夜到早上六點。

偉倫不知道回憶過去的事情如此難以扼止。他只是一時興起，想把高中時的故事用在這次的劇本上。反正名字改一改就不會傷害到任何人——就算傷害到任何人他也不在乎，該拍的東西拍好了就好，別人怎麼樣，不關他的事。

結果一寫出開頭，他就起了勁，總要一連打字到三更半夜，直到實在累了才不得不停止。那些回憶一旦被觸碰，就像浪潮一樣止不住。

高中時代總是瘋狂的。仍然青澀稚嫩，但是瘋狂。很多事情現在看來似乎不算什麼，在那當兒卻會惹得同學們群起而攻之，特別當事情在同儕間被鬧大了之後。有時候，事情一旦被推動，任何人都難以控制它的方向了。

像是從微小氣流中產生的龍捲風一樣，瘋狂而破壞力強大。

＋＋

「喂喂，阿偉，昨天過得很愉快嘛，嗯？」同學林岳翔用手肘戳著偉倫的肋骨，又是擠眉又是弄眼的，在早自習時悄聲說話。

「什麼啊？」偉倫愣了一下。

岳翔拿課本當擋箭牌，偷偷地和偉倫說話，「昨天你不是和陳倩芸出去約會？我看到了喔！」

「啊？你別亂說話！」偉倫不自覺提高了聲音。風紀冷颼颼的眼神往這邊一飄，他連忙拿起筆來假裝在和岳翔討論下午要做的複習考內容。「我們只是有事情要討論，所以約出去外面罷了。你在想什麼，這種話不要出去亂說！」

「討論事情不會留在教室嗎？還特地約到外面？」岳翔一副心照不宣的樣子嘿嘿笑著，擺明了完全不相信偉倫的話，斜瞥了他一眼，翹著腳自顧自地看起書來，不時還要瞄向他偷笑幾下。

偉倫翻了下白眼當作沒看到，默默地整理著課本上的重點，心思一個不小心又回到昨天陳倩芸和他說話的景況。

倩芸是新班級的同班同學，聰明、漂亮、很會說話，在同學間也頗得人心，甫至新班級便被選上了班長，原本在高一的舊班級也是班長的偉倫，也因爲她的提名而當上了副班長。

一個班長一個副班長，要說昨天是爲了討論事情而約出去的，倒也不會說不過去，只不過事實上並不是。某種程度上，還眞的給岳翔說對了。

原本因為班上的活動，而不得不常常一起討論事情的偉倫和倩芸，不知不覺變得愈來愈親近。在只有兩個人的時候，一些親密的小動作也變得理所當然。和倩芸相處，總是過得特別愉快。但是曖昧中兩個人從來就沒把男女朋友這檔子事談開來過，誰也沒說過什麼，誰也沒給過什麼甜蜜承諾。似乎對於高三應該以課業為重這件事，有了共識。

既然從來沒有清楚的名分，當然也不會公開這種關係。為了避免尷尬，偉倫在班上總是盡量避免與倩芸有太親密的動作。朋友間混在一團的打打鬧鬧當然是不可少的，但是除此之外，就什麼也沒有了。雖然在高三，倩芸的追求者仍然不少，甚至就他所知，方才還在開他玩笑的林岳翔也頻頻對她有所表示。而由於岳翔開朗陽光又大剌剌的性格，倩芸也不會擺臉色給他看。有時岳翔甚至會私下對偉倫開玩笑，說搞不好隔天她就突然多了一個男朋友了。

而岳翔指的，自然是他自己。

有的時候，偉倫的確害怕這點會成真，特別當考試將近，而他們相處的時間愈來愈少時。這段時間倩芸愈來愈少和他相處，甚至只是一般的閒聊，不知為何也變得難得。

因為在班上總是刻意避免公開，所以當岳翔這個大嘴巴突然提到在校外看到他們約在店裡聊天時，偉倫著實心驚了一下。

「放心，看你心驚膽跳成這樣，我不會說出去的啦。」岳翔又偷偷摸摸地靠了過來，嘿嘿地笑了兩聲，偉倫狠狠瞪了他一眼。

這個該死的大嘴巴。

很快的，一個星期又過去了。（奇怪的是，偉倫發現，以大嘴巴聞名班上的岳翔似乎還眞的沒把事情說出去。是因爲忙著期末考嗎？他想。）天氣一天一天變熱，期末將近，等下個星期考完期末考，接下來就是學生們從小到大每年期待的暑假。雖然升高三的暑假同學們還是得到校輔導，有暑假和沒暑假一樣。不過不管怎麼說，考完期末考還是令人期待。

這天，老師走進來時意外地面色凝重。

班長倩芸照常喊著：「起立，立正，敬禮。」

「老師好！」

「各位同學好。」

「坐下。」班長喊完，教室裡就響起一片拉椅子的刺耳噪音。

怎麼老師今天看起來特別嚴肅？難道複習考成績有那麼差嗎？偉倫一邊拿出數學課本，一邊看著台上的數學老師——也就是他們班的導師。

反常的，老師並沒有翻開課本，也沒有寫黑板，她只是看了全班一眼，然後突然開口：「各位同學，請現在到外面走廊集合。不用帶任何東西，紙筆，課本書包全部都留在教室裡。」

同學們遲疑了一下，在幹部的催促中站起來往教室外移動，但是免不了帶著好奇地輕聲交頭接耳，想知道爲什麼老師突然這麼說。

就在同學往外移動時，兩個教官走了進來。留在後面催同學儘快離開的偉倫和倩芸看到教官和老師講了幾句話後，便開始一個一個翻找同學的書包和抽屜。倩芸和偉倫對看了一眼。是抽查嗎？這樣也沒道理，平常都是在升旗時偶爾抽查同學書包，看有沒有帶違禁品。而且這種事也只有他們高一時做過一次，後來就再也沒有了，似乎也只是做做樣子罷了。怎麼會挑上課的時候抽查同學的書包？

不過再怎麼納悶也無濟於事。兩個人分別從前門和後門走出教室，外面一片吱吱喳喳興奮的吵鬧聲，風紀連忙要大家安靜，以免吵到別班正在上課的同學。倩芸看大家亂成一團，便叫大家照升旗隊型排好。如此一來幾個吵成一團的小團體就被拆開來，再加上風紀的制止，總算是安靜下來了。

隨後老師走了出來。「今天早上，辦公室裡發現似乎有小偷入侵。」她看了大家一眼，同學們隱約覺得沒有什麼好事，不過仍然不懂老師講這話要表達什麼。「我的位置明顯被翻過。我檢查了自己的東西後，發現沒有什麼重要物品被偷，但是我出的期末考卷試題卻少了一張。」

班上同學們又開始竊竊私語。原來這就是爲什麼老師剛剛一聲不吭就先叫大家出來、什麼東西都不要帶的原因。

這時林岳翔舉手問道，「老師，爲什麼要先找我們班的呢？也可能是別的人啊！」

老師正要開口，教官便從教室裡出來，「陳老師。」

老師點點頭，「同學請在外面等一下。」隨後便和教官又走回教室。

老師一離開，同學們又喧鬧了起來。風紀威脅要開始記名字了，同學才把聲音壓低。過了一會兒，老師又走出來，「班長和副班長先跟我到辦公室，其他同學先進去坐好，這節課自習，風紀管一下秩序。」

風紀點點頭，帶同學進去。聽到自習兩個字，同學們臉上難掩興奮之色，陸續回到教室內坐下了。

倩芸和偉倫跟在老師後面走到老師辦公室。老師在椅子上坐下後，先從抽屜裡翻翻找找地拿出一個公文夾，遞給倩芸，「倩芸，可不可以麻煩妳先幫我把這個送給訓導處的張小姐？請妳先在那邊等她處理完，確認她蓋章後，再回來辦公室找我，有些事情要妳處理。」

倩芸點點頭，拿了公文夾便快步離開。

老師拉過旁邊的椅子要偉倫坐下，然後從口袋拿出折得小小的考卷，輕聲問道：「偉倫，你爲什麼要偷考卷？」

＋＋

印表機戛然中止，偉倫回憶過去的記憶被打斷。他拿起一整疊印好的劇本，裝進旁邊的夾子裡，離開計中。

＋＋

兩個星期過去，偉倫寫的劇本已經差不多拍攝完畢了。

由於本來就是學校場景，因此只要組員時間可以配合，帶好制服且又借得到器材，進展速度便相當快。今天已事先和老師約好借辦公室，把相關的段落一次拍攝完畢，如果沒有什麼意外需要補拍，拍攝便可告一段落了。

偉倫從塑膠袋中拿出一堆飲料，分發給在場協助拍攝、擔任不重要配角的同學。其中除了一個是攝影作業的組員外，全是友情邀約來的臨時演員。這種拍高中班級的故事需要很多學生角色，即使一句台詞也不需要說，但就是要有人穿著制服坐在教室裡才行。學生的作品當然不可能有什麼酬勞，但畢竟人家是來友情客串的，請個飲料，也算作答謝這些協助拍攝的同學們。

一番閒聊與慣例的「辛苦大家了」，偉倫笑著答應拍攝完畢會送所有人一份光碟後，便揮揮手扛著器材，回到系館的剪接室。他打開其中一台電腦，開始轉今天錄製的所有影片檔；在等待的時間裡利用另一台電腦開始處理已拍攝好的影片。桌上散亂著劇本和分鏡表，打開的檔案正進行到男主角從老師辦公室回到班上的那一幕。

偉倫將已經剪接好的影片連結在一起。他把過去同學的名字改了一下，林岳翔在劇中就是阿翔，倩芸則改成小芸，至於自己的角色，偉倫只是隨便取了劇組同學的姓，就叫小吳。

前半段的剪接比較容易，後半段因爲零碎的場景和音樂較多，倒眞的需要花點心思。由於明天就要期末作品發表了，偉倫硬是在系館的剪接室待到傍晚，全部剪完，才帶著影片檔回家做最後的檢視，以便若有任何問題，明早還可以緊急修改一下。

偉倫回宿舍，背包一丟，就打開他的電腦，載入才剛剪好的影片，戴上耳機。他看著劇中老師支開小芸後，對飾演自己的男主角小吳質問偷考卷的事情，小吳表情驚慌地瞪大眼睛，來回地在老師手上的考卷和老師的臉之間移動視線。

偉倫輕輕呼出一口氣，那實在是好久以前的事了。

影片繼續播放著，這是第一個大段落的場景切換。

＋　＋

小吳從老師辦公室回到班上，全班的氣氛在他進去的時刻突然變了。交頭接耳的同學耳語著，似乎全班人都知道老師找小吳過去，不是因爲他是副班長，而是因爲他就是偷考卷的人；而老師會找班長小芸一起去辦公室，則只是種障眼法。同學們視線掃過小吳身上後，轉頭過去低聲說話，不時還很刻意地偷瞄他幾眼，似乎想知道他會有什麼反應。

當天放學，小吳依老師說的，又到老師辦公室去找她。小芸在半路上跟了過來。

「班上都在說是你偷了考卷。」小芸說。

「我看得出來。」

「好像是阿翔說的吧，他說他轉頭時看到教官從你的書包裡拿出考卷。」

「果然是那個大嘴巴，他今天還有臉跟我講話！」

「他跟你講什麼？」

小吳哼了一聲，「他好像覺得這樣很好玩，我看他根本不覺得有什麼嚴重的，還叫我記得題目分給他看。」

小芸沉默了一會兒，「所以，是你偷的嗎？」

「當然不是！」小吳堅決否認。「考卷是從我書包裡找出來的，但是這不代表就是我偷的好嗎？」

「不要生氣，我總得問過了才安心。」

「再說我有蠢到這種地步嗎？偷了考卷再放到自己的書包，還等教官來搜？」小吳顯得很不屑。

「那麼這種事誰會做……」小芸皺眉。「偷了考卷又放到別人書包，感覺好像只是為了栽贓到你頭上。」

小吳沒有講話，兩人陷入一片沉默。

到了老師辦公室前，小吳揮了揮手道再見，小芸便離開了。

隔天上學，同學對小吳的態度變了，變得很明顯。剛開始，只是在小吳不注意的身後竊竊私語，但大嘴巴阿翔倒是很愉快地一一向他報備。小吳對阿翔也有些冷淡，看起來就像是不喜歡阿翔這樣少根筋談八卦似的態度。不過漸漸的，隨著同學的態度趨向惡劣，阿翔已經變成少數還會主動跟小吳說話的人了。

小吳在班上功課一向不錯，但這並不代表他的人緣就眞的很好，大部分還是點頭之交，總也有人不喜歡小吳的優等生態度。在這種時候，落井下石顯得容易許多。

「眞懷疑他之前的第一名是怎麼拿的……」

「難怪功課好，能夠先拿到考卷，誰的成績當然都會好。而且他打掃區域也是老師辦公室吧？眞方便。」

「竟然連這種事都做得出來，眞是錯看他了。搞不好他考試也都看小抄作弊來的也不一定。」

「我討厭他那樣趾高氣揚的樣子，不爽很久了，原來好成績也不過是作弊拿到的，裝什麼乖寶寶。」

這些話語總在小吳身後飄過，沒有一個人對著他當面炸開，小吳就算聽到了，也只能轉過頭當作沒這一回事。

同樣在班上的小芸，當然也知道這種狀況，原本因爲期末考而比較冷淡的她，現在也常常站在小吳這邊替他說話，或以班長的身分制止同學惡意的玩笑。

「老師說她不覺得是我偷的。」這天午休，小芸拉著小吳躲到外頭吃午飯時，小吳告訴她。

「老師怎麼說？」

「數學本來就是我的強項，我沒必要挑這科偷考卷。老師是這樣說的。」

「本來就是這樣啊！我想我要去和老師反映班上的狀況了，現在班上同學對你的態度好惡劣。」小芸說。

「沒關係，你站在我這邊就好啦！」小吳笑著說。

小芸也笑了。「不過，阿翔我真是搞不懂，」她皺了皺眉。

「怎麼了？」

「感覺他一直和你有說有笑的，可是別人在說你壞話時，他似乎也聊得很高興，不是嗎？」

「他這個人啊，」小吳哼了一聲，「就算說他只是爲了看熱鬧，所以才偷考卷塞到我的書包，這個我都相信。」

＋　＋

影片播放很順利，已經進入最後階段了。偉倫看著劇中的數學老師坐在辦公桌前簽著同學的聯絡簿，失手把筆掉落在辦公桌下，於是彎腰去撿，卻意外地撈到了因斷裂而掉落的字母墜子。老師發現，這是阿翔老是喜歡偷偷藏在衣服下進校門的字母項鍊，便回到班上叫出阿翔質問。接著，再插入幾段過去的日子，阿翔對小芸表示好感卻被回絕，以及看到小芸和小吳約在外頭、傾傾我我的畫面，藉以表達阿翔嫉妒的心態。

現在，偉倫想到過去的這些段落，還眞是想笑。

對於同學們發現錯怪了自己、錯誤地傷害了自己這件事，同學那種尷尬、或是試圖修復同學情誼的示好，偉倫仍然想到就覺得好笑。怎不見在自己出事時，有任何同學對自己示好，或是試圖了解眞實情況？

怎不見在眾人排擠自己之時，有任何同學試圖給自己一點支持，或是一點信任？這些人總是易於被擺布、易於操弄。在發現事情似乎不對時，立刻就有完全相異的表現。

牆頭草。

看著影片，發現在中段之後的這幾段畫面比較零散，比較不容易處理好，偉倫也記下了幾個不順的、準備修改地方。不過，過了這些段落之後，就好多了。

影片的結尾要寫出來相當容易，因爲發現岳翔字母墜子掉落、偉倫原來被誤會云云，的確就是當時發生的事。只不過在戲裡，有個歡樂的圓滿大結局。而在現實中，那時，其實是不了了之的。

演戲歸演戲，總得要有一點改造。

＋＋

當時又爆出林岳翔才是偷考卷的人時，由於他本人似乎覺得這樣的發展相當有趣，因此仍然百分百發揮他被稱作大嘴巴的八卦電台功力。全班同學一下子也被這樣的發展搞迷糊了，紛紛追問到底是怎麼回事。

岳翔唯一認真說的一句話，就是：「考卷不是我偷的。」但是他少了一個字母的墜子怎麼會在那個時間點出現在老師辦公桌下，岳翔無法解釋。且因爲愛乾淨的老師堅持考卷被偷前一天她才掃過地，就算沒有，打掃時間也是掃過的，所以一定是東西被偷的前一天晚上之後才可能留在那裡的。

只不過老師不可能因爲有學生的東西掉在桌子下，就堅持是掉東西的人偷了考卷。最後，因爲期末時間緊迫，老師只得重新出了考卷，將抽屜和辦公室全部換鎖，決定不再追究此事。而同學們，因為事件不再有什麼新鮮的變化摻入，也就漸漸不再討論這件事。

這對偉倫來說是件好事。

雖然後續的變化和他想的不同，但是某種程度上還是達到了他的目的。

那時，在接近期末的那段日子，偉倫發現倩芸似乎和他漸漸疏遠。這也沒什麼，重視功課的倩芸本來在考試時就會花比較多心思在課業上，可是她與林岳翔相處的時間似乎又變多了。

經過一年的相處，林岳翔慢慢地變成班上受歡迎的開心果。他那種大剌剌地什麼事都講、什麼事都好奇的個性，以及從他口中說出的事情都變得像連續劇般有趣的口才，意外地受到大家的歡迎。雖然功課不是頂好，人緣卻還不錯的他，似乎和每一個同學都能聊得開，中午吃飯時間，大家都樂於聽八卦電台林岳翔向同學們廣播最近又有什麼有趣的新消息。

這使得偉倫在班上所受的注意力漸漸被拉開。所謂的風雲人物，已經變成林岳翔了。過去一直以聰明、認真、正直的乖寶寶形象，讓大家對他印象良好的偉倫，在岳翔那種熱帶沙灘晚會的魅力下，漸漸變得不起眼，似乎成為了只有發成績單或領獎的那一刻才會被同學注意到的人物。

而且連倩芸也開始更靠近林岳翔，在空閒時刻聽他說話，笑得樂不可支。

偉倫發現他漸漸開始厭惡岳翔，即使聽他說話還是會惹他發笑，但是他愈來愈討厭大家喜歡圍著林岳翔打轉、每個人——包括倩芸——都和他相處得那麼愉快有趣的畫面。

他進了老師辦公室，拿了考卷，把岳翔的墜子丟到桌子下。岳翔本就少出現在老師辦公室，而偉倫身為副班長，打掃區域也正是老師辦公室，沒有人對他有心防，因此要做到這件事可以說是輕而易舉。

接著，他把考卷塞進自己的書包。自己偷竊，再栽贓給自己。

他知道，翻找的痕跡那麼明顯，絕對會讓老師注意到。班上的同學都知道老師把考卷先印好放在辦公室的習慣，只偷一張考卷，老師第一個想到的一定是學生所為。接著，不管用什麼方法，他都會讓人發現他那張考卷。

偉倫自己毫不擔心，因為數學每次都滿分的他，根本沒有偷數學考卷的理由，更沒道理偷了後，再放在自己書包裡等人來搜。他留的問號太多，即便知道班上會有些閒言閒語，他也有自信會自然而然破除。因為偷考卷最明確的動機在他身上並不成立。而岳翔，向來不是個功課好的學生。

接下來，就如他所預期的一樣，倩芸明白地表示她站在他這邊，相信他。畢竟這種栽贓，白癡也看得出來根本就不可能是偉倫自己偷的。

他成功地把倩芸拉了回來，但是接下來在岳翔那部分就不如他所期望的發展了。某種程度上，可以說是他低估了林岳翔那種大事化小，小事化無的功力。

原本偉倫打算破壞他在班上同學與倩芸心中的形象，畢竟在不清不楚的狀況下，流言的殺傷力一直都很大。但是岳翔那種唯恐天下不亂、別人說他的壞話，他還要說得十倍誇張的習慣，反而讓大家覺得這似乎只不過是他口中的另一條有趣的新聞，其他的就什麼也沒有了。

那是他的失策。

不過那無所謂，只要林岳翔別再礙著他。他的計畫，利用了倩芸的同情心和多餘的正義感。那是他第一次試圖玩弄周遭的人們，也達到了一定程度的成功。現在大學了，與同學們似近實遠的關係，對他而言更容易操弄。

就像這部短片一般。他可以預想得到，在他各種小組討論與戲中所留下的細節，必定會有人找時間問他這部短片的眞實性。於是他便可以把整個故事，用他的方式說出來。

至於林岳翔在哪裡，會不會看到，又有誰在意呢。

（第二屆聯盟徵文參賽作，原發表於二〇〇七年）

【作者簡介】

以羅

台大推研第九屆社員，入社後才開始大量接觸推理小說。基本上對小說閱讀來者不拒、不限類型。希望台灣的推理小說能發展得更豐富、更多元。

【解說】

無怨的青春

心戒

（本文涉及謎底，未讀勿看）

有時不得不承認，青春，總在記憶裡的那些年閃耀著，如詩如畫，卻總有一抹無法挽回的缺憾蟄伏心底，偶爾憶起時卻又如影子般來了就去，在在強調著當年挺過風暴與烈焰考驗的執著堅忍，以及表面上的不在乎。一如你搖著頭笑著表示，怎麼樣都無法理解席慕容怎能在〈無怨的青春〉裡那麼肯定地說出「沒有怨恨的青春才會了無遺憾」？因爲，總有著遺憾落在那些年的青春裡，持續恨著，而後造就了今天的你。

〈高中時代〉是台大推研的社員以羅，於二〇〇七年參加「第三屆台灣校際推理社團聯盟徵文獎」時所投稿的作品。當年的徵文獎算是停辦一年後的復徵，作品集很大膽地採用匿名刊登的方式呈現，暑訓報到時拿著不具名的徵文作品集，猜著到底是哪個學校哪位學員的投稿，不僅爲重啓的「第三屆台灣校際推理社團聯盟徵文獎」帶來不少話題和討論，更與〈高中時代〉故事所暗喻的「話題操縱／眞相呈現」題材，有著一定程度的輝映，現在想來更添趣味。

以高中時期一則不了了之的試卷偷盜案件爲題材，〈高中時代〉表面上以主角偉倫進入大學後的「復仇」爲主軸，採用雙線敘事的模式，緩緩爲讀者道來當年那件揭露人情冷暖的「大事件」眞相。改編的電影裡，阿翔（林岳翔）因追求小芸（陳倩芸）不成，妒忌之下以栽贓的方式，意圖離間小吳（偉倫）和小芸兩人的感情作爲報復。但在偉倫所回憶的故事中，偷取考卷的兇手卻是偉倫自己，爲的是見不慣岳翔越來越受歡迎的氣焰，更意圖以誣陷自己的方式，利用同情心好挽回倩芸的心。無論是那個版本，都曾以不同程度的眞實——被取代的社交位置、遭背叛的友誼，同儕間的小道耳語和排擠，或是閃瞬即逝的曖昧戀情——涉入你我以青春爲題的回憶中。雖沒有翻天覆地的驚人逆轉，〈高中時代〉卻因此帶著一絲緊密貼近你我記憶的殘酷感。

然而，若回憶都得以剪接加工，按照敘事者的意圖仿制後再現，又有什麼理由，讓人堅信這兩個版本都是眞的呢？會不會所謂改編電影的「情節」，才是眞實上演的「眞相」，而偉倫所回憶的「故事」，不過是他意圖在電影放映後，帶著一絲勉爲其難的靦腆，以沙啞口音所呈現的「事實」？而我們又有什麼證據，相信故事裡所提及的代號就是本人呢？若這個故事是由眞實的林岳翔化名偉倫後所述的版本，其蘊含的意義又如何？如同多年後某次同學會，你恰巧在某人口中「聽聞」當年那些事件的另一種說法，其中的差異又是誰的心情？得以輕易置換取代的可能組合，讓〈高中時代〉少了單一的詭計解釋，多了犯罪中複雜人心的解讀樂趣。

至於眞相爲何？也許，得等到恨完了，才能回頭拾起當年的心情，去整理那些的那些，以及所謂的事實。

若青春眞能讓人了無憾恨。

【作者簡介】

心戒

忘了自己是第幾屆的中正推理小說研究社社員，但總記著創社的呂仁因正妹靠近而中斷介紹，轉身攬客獨留某人愣在原地，所以應該不是第二屆（笑）。回想起來，社課時感受著大夥兒分享對作品、作家滿溢的愛，社課後聚會時的漫談閒扯，都成了記憶裡難以複製的青春韶光。

偏食警察程序、間諜、冷硬等類型，屬於某程度上的絕版指標。目前是推理文學研究會（MLR）成員。

我邂逅了那個少女

周小亂、余小芳

我是個上班族，工作之餘的假日閒暇時光，最大的娛樂便是看書與品嘗美食。

那日前往書店的路上，天氣晴朗無比，頭頂上方飄著幾朵愜意的白雲，陽光相當燦爛。經過火車站時，無意中向工讀生拿取試閱報紙，當時隨意亂瞄了「本週星座運勢專欄」的地方，上頭寫著：「本週的你戀愛運直直上升，將會遇上改變生命的重要對象」。

遇上改變生命的重要對象？我暗忖，不以爲然地挑了挑眉後，順手將手上的報紙捲成圓筒狀。漫步於徐風緩緩的街道，很是悠哉，我將雙手插入口袋，並吹起了口哨。

平時即有逛書店的習慣，沒想到僅是爲了取得小小一張貴賓卡，竟然讓我在那天邂逅了一個神祕的少女……

「這些書一共是九百七十元，只差三十元就能擁有一張貴賓卡喔，請問要不要再多挑一本呢？」聲音宏亮，二手書店的老闆向我提議。

我點了點頭，麻煩老闆先將我欲購買的書籍擺於櫃檯上。

只要店家舉辦貴賓卡或者會員卡活動，對我來說皆是難以抗拒的吸引力，尤其是只差幾十元即能擁有的狀況；這是自小便如此的了。

聽完書店老闆的建議之後，我再次踱步回到個人最喜愛的大眾小說專區，打算再挑一本書來補足取得貴賓卡的差額。正在揀選的同時，我的眼角餘光恰好看見一位少女站在推理小說的木製書櫃前。

那位少女戴著黑色粗框眼鏡，蓄留一頭俏麗短髮，白裡透紅的肌膚搭配修長的身材，看起來十分慧黠。對方仔細地在書櫃上搜尋，最後拿起《沉向麥海的果實》，此舉引發我的注意。

因爲我剛剛才拿起它端詳過。

這家二手書店裡共有二本《沉向麥海的果實》，其中一本書側髒黑，顯然比較舊，於原本的定價上打六折，看來折扣不錯，另一本書況又好又新，說不定只被翻閱過一次而已，居然只賣五折！

老闆這個人實在很不會做生意。

書況比較差的書籍明明就應該低價售出，怎麼會反其道而行？

我想不管是哪個人，比照之後，都會想買新一點的書吧，因此根據一般常理和經驗顯示，那位小姐一定會選書況較佳的那本。

正當我自以爲是、沾沾自喜的當下，對方順手拿起髒髒舊舊的那本，匆匆翻閱幾頁之後，興沖沖地拿去結帳！

始料未及，這簡直太意外了。

只能說，這位少女給我的印象實在太過深刻，也由於她異於常人的做法，我想就暫且稱呼對方爲「怪怪小姐」吧。

提著一袋書走出二手書店，迎面吹來的晚風夾雜著一股濃烈的食物香味，我嚥了嚥口水，感覺肚子有些飢餓，看看時間也差不多該用餐了。

由於今天自己一個人吃飯，因此二話不說，馬上決定前往平時最喜歡的平價義大利麵店「Milano」解決晚餐。

二手書店與「Milano」距離不遠，拐幾個彎，步行約十分鐘即能到達。

這家義大利麵的價格約在五十至七十元之間，甚至還有四十元的「主廚推薦」餐點，加麵則是調增十元的金額。無論是食量大一些的男孩子，或是食量小一點的女孩子，都很適合光顧。

店家內部擺設自然、燈光柔和，簡約俐落的設計風格與寬敞雅致的用餐空間相當受到學生及上班族的青睞和歡迎。由於店裡非常貼心，另有安排單人雅座，因此每當我獨自一人時，首先想到的便是這家義大利麵店。

那是個能讓人完全放鬆心情的好地方。

學生時代便經常造訪這家店，恰好又和長我約二十來歲的店長、店長太太談話十分投機，因此幾年下來，我與他們成爲無話不談的好朋友。

或許是因爲我也逐漸步入適婚年齡，他們二位老是打趣說要介紹對象給我，不過對於這類可遇不可求的事情，我通常只是一笑置之。

在這家店之中，三樓的空間特別令人感覺自在又舒服，因此我很喜歡那裡。

前往三樓靠窗的位置坐下，我想也不想，立刻填好菜單。

這店家的規矩是先勾選好餐點，再至一樓的櫃檯結帳，隨後店員再將麵食送至客人桌上，最大的好處是用餐完畢便可直接離開，而不必看著店員在用餐的尖峰時段慌張地查找菜單。

當我慢條斯理地走下樓梯，赫然發現那個「怪怪小姐」也在這裡用餐。

只見對方拿起面紙，優雅地擦嘴後，隨即快步離開。

各位有沒有這樣的經驗呢？

比如當自己在一間店閒逛時，卻察覺與某個人不約而同地逛了二、三間店；出門至觀光風景區遊玩時，竟又遇見同在上個景點遊玩的對象。

此時是否會對那些人抱有親切感？

再度於「Milano」看見「怪怪小姐」，突然產生這種異樣情緒。

當我全副精神皆投注於這件「生命中的偶遇」時，正在擦拭餐桌的店長太太忽然說聲：「啊，那個妹妹忘記拿走她的東西了啦。」

「阿姨，那位小姐常來吃飯嗎？這樣的話，等她下次來再歸還不就好了？」我誠心誠意地給予意見。

「我對那妹妹沒有什麼印象耶，而且這裡每天進進出出的客人很多，哪會記得啊？這本小東西好像記了不少東西，若是弄丟了，一定會很著急。」老闆娘邊說邊翻閱記事本，「那女孩子是讀心理系的喔，你們好像同一間大學嘛，要不要順路拿過去？」

我咳了兩聲，「阿姨，我早就畢業了啦，都工作好幾年了。」

「啊，對喔，抱歉抱歉」，我以前來店裡時只是個學生，看來阿姨的印象一直停留在那時候。「哈哈，要不然我看這樣吧」，她順手將記事本塞過來，毫無顧慮我的個人意願便說由我轉交，理由是我應該比較熟，可是，「我比較熟」是熟在哪裡啊？

「這樣好嗎？」我有點遲疑。拿起該記事本隨意翻翻，裡面除了記載一些生活瑣事，也寫上何時考試與繳交作業的事情等。

這本記事本對於那位「怪怪小姐」來說，一定很重要。

「就拿去吧！也算是幫我們一個大忙。」走出廚房的店長聲音高亢，雖然一臉笑意，卻直視著我，神情十分認真。

店長太太回頭，我沒錯過她投向對方的感激眼神。

「好，那我就拿去給那位小姐吧。對了，我要點奶油培根雞肉義大利麵，上去囉。」我用左手食指往上比。

結完帳，拿著記事本回到三樓的位子上。

雖然這麼做很不道德，不過現在的狀況應該在允許的範圍之內，我這麼想的同時，開始認真研究起那本簿子。

原來「怪怪小姐」名叫蘇嘉新，是心理系二年級的學生。

不久後，全身上下、從裡到外圓滾滾的店長太太把義大利麵送來，那份餐點明顯未經客人同意而被店家加菜。

店長太太離去前還對我眨了下眼，眞是夠了。

回家梳洗完畢，我慵懶地躺在床鋪上，打開電視，卻發現那些一成不變的內容吸引不了我的目光。

拿起放在床頭的記事本，突然想起和以前大學同學的相處情形。翻至個人資料的地方，我發現「怪怪小姐」，不對，應該改口稱呼對方爲蘇嘉新，她在隔天下午四點至七點間上課，剛好是我下班後能過去的時間。

擇日不如撞日，明天就去一趟。

睡前稍微想想自己能向對方說些什麼，不過我最想知道的依然是她爲什麼要挑選書況較糟，而且比較貴的《沉向麥海的果實》。

腦袋有點昏昏沉沉，還是睡覺吧。

＋　＋

資訊業的工作夥伴時常加班，準時離開辦公室眞的很過意不去，爲避免被多加詢問，我懷著羞愧的心態趕緊跳上通往大學的公車。

車上擠得滿滿是人，站在我隔壁的那位胖胖先生爲了不碰撞別人，還用力吸氣將自己肥大的肚子縮了進去，畫面眞有趣。

我有點想放聲大笑。

巧妙地繞過一排排的乘客，盡量不觸及他人肢體；我拐下公車樓梯，有個短髮女生匆匆忙忙地上車，大概是眼角餘光的錯覺，我覺得她長得有點像「怪怪小姐」。

想太多了吧。

公車將我送至目的地後，繼續載送著其他踏上歸途的人們，慢慢地消失於馬路另一端。

心理系的教室位於社會科學院，多虧自己以前自由選修曾選擇心理系所開設的課程，讓我一下子就找著蘇嘉新的上課教室。

剛靠近教室時便覺得不妙，實在太安靜了，完全沒有上課的樣子。

舉起左手看錶，現在也才六點半，怎麼沒在上課了？

黑板上滿滿的板書證明老師上課的辛勤，然而應該是上課時間的偌大空間，卻只剩下三個女孩子。不問不行，我懷著忐忑不安的心情，鼓起勇氣走進教室。

她們一看到我趨近，先是稍微打量幾眼，然後熱心地站起來問道：「那個，請問有什麼事嗎？」中間戴黑框眼鏡的女同學首先提問，她的捲捲爆炸頭讓她的臉看起來很小。

「喔，我想找蘇嘉新同學，我撿到她的本子，想送還給她。」拿起記事本放在我手上，「這個時候不是上課時間嗎？怎麼同學都離開了？」

「我們這個班的老師通常會提早下課。因爲他覺得從下午四點一直上課到七點，讓同學們餓肚子不好，所以決定中途不下課，但六點多就讓大家離開。」左邊那位穿牛仔褲與黃色襯衫的同學如此回答。

「原來是這樣，喔，不過這記事本似乎對蘇嘉新很重要，能不能請妳們轉交給她呢？」我將記事本遞了出去。

「呃，其實我們三個人都跟她不太熟。」黑框眼鏡同學面有難色地說，隨後建議我自行拿給對方。

「上課轉交給她不就好了，妳們不都是心理系的嗎？」

「但我們只有這堂課跟她一起上啊，她平時修的課不多，我們下次見面也是下個禮拜的事了。」

「那妳們有她的手機號碼嗎？或者有沒有她好朋友的手機，還是班上有製作通訊錄之類的？」

「我們班上的文書很偷懶，從來沒做過通訊錄，而且我們也沒有她的手機，」黑鏡框同學向其他人詢問，「小玲、怡蓉，妳們知道誰跟蘇嘉新比較熟嗎？」

左邊的黃襯衫同學抓了抓頭髮，「不知道耶，她一直沒參加什麼學校活動，也不太跟和他人交談，每次下課也都很快離開。怡蓉，妳不是跟蘇嘉新合作過分組報告？知道怎麼聯絡她嗎？」

「唔，我也不知道，我們都是討論完就各自鳥獸散，沒有多聊什麼。她晚上時間沒辦法和我們一起討論報告，是因爲她說她有打工。」站在右邊的怡蓉很快地回答，並轉過來對我說：「我想我們不適合轉交啦，抱歉喔。要不要去她打工的地方找找？她應該在神農路的『愉苑』打工吧。」

謝過她們之後，我馬上離開。

在走廊上看了看時間，六點五十分了。這時間系辦也早已關門，看來無法請系辦代爲處理，我看還是直接去「愉苑」找蘇嘉新，順道解決晚餐。

就這麼決定了。

「愉苑」的營業時間從上午十一點至凌晨一點爲止，中間不休息，是包含午餐、下午茶、晚餐、宵夜在內的複合式餐飲店。餐費依據時段而有所不同，大約從九十元至三百元不等；如果是排餐，價格甚至高達七、八百元。

由於占地寬廣而不會驅趕客人，又仰仗距離學校頗近的優勢，成爲學生族群聚會時非常容易選擇前往的場所之一；以前就讀大學時，挾著地利之便，我曾經和朋友在那裡用餐。

另外也因相對選擇性高，每個時段皆有不同的顧客來源，時常高朋滿座。比起一些經營不善的店家，算起來，它也能擠身老字號了。

甫進門，裡頭的設置果然與以前大同小異，不過我最想知道的還是蘇嘉新的行蹤。如果她是外場服務生，就能直接與她交談，我思忖。然而左顧右盼的結果，這裡服務生大多是二、三十歲的年輕女子，也都是我以前沒見過的生面孔。

不久，服務生引領我至餐廳內側的位子，並遞給我菜單。

下班後急急忙忙地跑來跑去，一鬆懈下來，才察覺肚子眞的很餓。我點了海陸雙拼鐵板餐，選的是豬肉及鱈魚，附餐飲料則勾選檸檬紅茶，甜點原本爲綠茶凍，我請服務生替換爲兒童餐甜點的單球冰淇淋，並且加點了香烤起司麵包條。

香烤起司麵包條特價後，一份僅要三十五元。鐵板餐需要二十分鐘至半小時的料理時間，麵包條的賞味時間卻只有十五分鐘，因此先點一份來塡塡肚子最適合不過。

點餐完畢，我開始執行過來這間餐廳的主要目的，而直接向服務生詢問是最方便的。我劈頭便問：「抱歉，想請問一下，蘇嘉新小姐是不是在這裡工作呢？我想拿東西給她。」

「不好意思喔，能麻煩您再講一次嗎？」

「我說我想找蘇嘉新小姐，有東西給她。」也許是吵雜的人聲掩蓋掉我的聲音，因此我重述一次。

服務生想了一下才說：「我們這裡好像沒這個員工，能把名字寫出來嗎？」

我用隨身攜帶的小冊子寫上「蘇嘉新」三個字，並撕下來給她。這位服務生的制服上別著名牌，上面寫著「陳蕙婷」。

「嗯，我問問店長，他有全體員工的名冊，請稍待。」說完，她帶著我的點菜單及小紙條離開。

我心想，這樣應該就沒問題了。即使蘇嘉新今天沒有任何排班或是目前人還沒到餐館打工，我都能直接請店長轉交。

至少工作地點這個管道一定能聯絡上。

哈哈，來這裡吃一頓飯，又能把事情辦好，實在是一舉兩得。這讓即將解決事情的我心情舒暢，如此一來必定胃口大開，再配合即將上桌的餐點，眞是太完美了。

就在我沉溺於愉快的情緒時，服務生陳蕙婷端著我點的香烤起司麵包條走過來，並說：「眞抱歉，我們這裡沒有蘇嘉新這個員工耶。」

「不會吧？她同學說她在這裡打工啊，還是她已經離職了？能麻煩妳查查離職的員工資料嗎？」我慌慌張張地說。

「我們員工與薪資的資料都有建檔，剛剛也請店長查了一遍，確實沒有這位員工。」

「那你們有請工讀生嗎？她是大學生，說不定只是個小工讀生而已。啊，會不會是大家平時都喊她嘉嘉或小新這類的小名，才會對她沒印象？」

「呃，我們不管是正式員工、工讀生或廚師學徒，都需要建立自己的檔案，並且由店長本人親自審核資料，所以若是員工名冊上沒有這個人的名字，就表示對方不在這裡工作。對不起喔，我們好像幫不上忙。」陳蕙婷很有禮貌地向我道歉後，隨即轉身離去。

我的如意算盤完全被打翻。

原本預計前往蘇嘉新就讀的大學即能將事情解決，但是碰巧他們提前下課而碰壁。再來到她打工的餐廳尋找，想說順便吃頓飯也不錯，沒想到竟然出現這樣的狀況，眞是太糟糕了。

突然想起在公車站擦身而過的女孩，該不會……

不，應該不會這麼巧，我自我安慰著。

此時肚子不爭氣地「咕」了一聲，我咬了一口香烤起司麵包條，發現它已經失去熱騰騰的溫度。因爲不斷遇上遇到瓶頸，心情實在有些低落，於是我食不知味地吃完餐點便離開。

＋＋

雖說失去品嘗食物的興味，但我還是把肚子撐得大大的。由於什麼進展也沒有，有點落寞，加上想起回到家也只能獨自一人對著電視傻笑，因此我盤算逛逛書店再回去。

連續逛了好幾家店，卻沒看到自己中意的書，原本不佳的情緒更加跌落谷底。

決定搭公車至電影院，看部電影轉換心情。

我挑了一部輕鬆的愛情喜劇，影片中除了幽默的劇情與對話外，也有相當好聽的歌曲及音樂，這使得我原本低迷的情緒得到舒緩。

影片觀賞結束也已晚上十點半，打算到學校附近走走，散步一下再回家就寢。

至於蘇嘉新的事，出師不利，明天再說。

晚風吹起落葉造成沙沙聲，綿延不已。

夜間的涼風少了白天的塵囂，吹拂至臉上很舒服，只聽見不絕於耳的嬉鬧聲，劃破原本該有的寧靜。觀望四周，即使時間逼近晚上十一點，學校附近還是有不少人。除了成雙成對的情侶之外，也有一些人在一旁慢跑健身，更別提成群結隊出來買宵夜的大學生。

燈光昏黃黯淡，導致無法看清路人的臉龐，但另類的朦朧感別有一抹趣味。

現代人下班一回家便打開電視，直至有睡意才上床睡覺。或許有時出去散散步，感受一下大自然的氣味，讓心靈澈底沉澱一番，才能更有助於睡眠。

大風猛地襲來，我以手掌抵住眉毛，低頭讓眼睛躲避陣陣飛躍的塵沙。

一縷輕柔飛滑至我的腳邊，那是一張淡黃色的用紙，我猜測那可能是被路人隨手丟棄的廣告單，順手拿起一看：

撿到這張紙等於將好運送上門，走路往前看，必定有好事。

我微微一笑，把它放入口袋。

走著走著，忽然有個似曾相似的身影迎面而來。

對方大約一百六十多公分，戴頂洋基棒球帽，身穿常見的Levi's 501牛仔褲，搭上白色帆布鞋，上半身則穿著男性T恤。

無意看了對方一眼，卻發現這個男孩子看起來和蘇嘉新好像。

該不會是她弟弟或親戚吧？我如此想著。

一般情況下，我是打死也不會亂問路人問題，但今天四處碰壁的結果，再倒楣也不差這一次，於是我鼓起勇氣朝他開口：「同學不好意思，冒昧地請問一下，請問你認識一個叫做蘇嘉新的女孩子嗎？我看你和她長得有點像……」話還沒說完，就聽見「啊」的一聲。

對方彷彿倒吸一口氣，「那個那個，認錯人了。」

縱使聲音再怎麼低沉，也逃不過我的好耳力。根據判斷，雖然我沒聽過蘇嘉新本人說話，但以我二十多年來的生命保證：這個聲音絕對不屬於男性。

不尋常，肯定有問題。

八成是極力壓低帽簷而導致看不著路，對方經過我身旁時，右側肩膀重重地撞上我的手臂，但對方無視撞擊，僅急切地遠離現場。

距離越來越開，我快走追隨而去，不料對方卻開始快步奔馳。迫於無奈，只得隔空大聲喊叫，此舉促使身旁的人紛紛往我們這頭探望。

「同學，我沒有惡意，只是想把蘇嘉新的記事本拿給她，那本記事本裡面寫了很多東西，如果一直找不到她，我也只能一頁一頁翻查記事本了。」我略喘一口氣繼續說明，「我看妳跟蘇嘉新長得很像，所以才想碰運氣問問看。我並不是什麼壞人，也有正當的職業，只是碰巧在舊書店看到她買書，又剛好在同一間義大利麵店吃晚餐，才在那裡撿到記事本。」

她終於停下腳步，好似有所猶豫，然後轉身對我說，「喔，這樣啊，那把記事本給我吧。」對方迅速走向我，我突然想起放在口袋的黃色紙張。

「請問妳就是蘇嘉新嗎？老實說，我並不是想認識妳才故意向妳搭訕，不過我對妳挑選那本又貴又舊的《沉向麥海的果實》，而不拿便宜又新的那本感到好奇。其他的事情如果妳不想提，我也不必知道，真的。」

對方一副欲言又止的模樣，「好吧，不過現在已經十一點多了，我要趕快回家，要不然我爸媽會擔心。我們明天晚上六點在『Milano』見面，我請客，算是表達我的謝意，怎麼樣？」

走路往前看，必定有好事。

連續三天準時下班，這種近似於奇蹟的事情在我短短的上班族生涯中發生，簡直可以說是絕無僅有。上班同事清一色是男性，難得有女孩子主動請我吃飯，又能知道究竟是怎麼回事，對我來說根本是充滿誘惑力。

「那個，妳平常會搭公車嗎？」

「唔，怎麼了嗎？」她面露疑惑。

「我今天好像看到……不，沒事。」她眼中閃現一抹驚懼，我急忙將記事本拿給她，互道再見後回家。了卻一樁心事，緊繃的情緒瞬間消失；今晚一夜好眠。

＋
＋

隔天在公司難耐地等著時間一分一秒流逝，下午五點半一到，我立即收拾好所有的物品，趁大家還沒注意，火速下班。

當我搭車到達「Milano」時，時間是五點五十五分。

走至三樓期間，我邊走樓梯邊猜想蘇嘉新是否會出席，說不定她會因爲害羞或其他理由而選擇不出現。踏上樓層地板，我發現的擔心是多餘的，因爲她已經坐在靠窗的位置上，靜靜地凝視遠方。

有別於昨晚，她穿得相當女性化，暖色系的衣服加上小小的手鏈，與她俏麗的短髮相當搭配。

打完招呼後，直接入座。

由於是對方請客，所以我意思意思點了六十元基本款的義大利肉醬麵，並趁她到樓下點餐的空檔，倒了二杯紅茶。

沒多久，蘇嘉新就上來了，在燈光的陰影效果下，我突然意識到她散發著一股知性的魅力。

「謝謝喔，之前該不會一直在找我吧？」

我一五一十地把我這二、三天尋覓她的經歷告訴對方，包含舊書店、義大利麵店、學校和她的打工處，一直到昨晚偶然碰見她爲止。

即使努力壓下情緒，我還是能感受到她的訝異。

「妳能告訴我，爲什麼會挑那本較舊的《沉向麥海的果實》嗎？」

「嗯，看過《沉向麥海的果實》嗎？」蘇嘉新問道。

「有啊，恩田陸的作品我大概都看過了，比如《三月的紅色深淵》，或是比較久之前的《骨牌效應》。」

「那本書的內容跟角色，還記得嗎？」

「記得呀，印象很深刻呢。就是一個女孩子進入一間奇怪的學校，裡面的校長會忽男忽女的，女主角身邊還發生一些奇奇怪怪的事，比如有人神祕失蹤等，而同學的態度也怪怪的。」我邊回想故事劇情邊說。

「沒錯沒錯，這本書是去年我在書店裡看到的，瞧，書背文案一開始就寫『有忽男忽女的校長』。」蘇嘉新邊說邊拿出那本《沉向麥海的果實》，「我很喜歡這個角色，因爲他可以隨心所欲地決定要當男性還是女性，而且不管變成男性或女性都長得一樣好看。」

我頷首表示同意。

「其實我本來有個叫做蘇嘉興的哥哥，興盛的興，跟我的名字很像吧？他和我的感情很好，不管是親戚或朋友，大家都說我們兩個長得很像。但是他卻在五歲時因爲一場意外的車禍過世，當時我才三歲而已。」她稍作停頓，喝口紅茶才繼續往下談。

「我本來叫做蘇郁綾，哥哥過世後才改名爲蘇嘉新。那時太小沒印象，很多事情都是阿姨告訴我的，阿姨說我的爸媽眞的很疼我們兄妹，不管工作回來有多累多忙，都一定會跟我們說說話。我媽是個職業婦女，之後爲了專心照顧我們才把工作辭掉。」

「眞是個好媽媽。」我接了一句。

「哥哥過世時，爸媽他們眞的很傷心，我印象中，他們只要拿起哥哥以前衣服或物品就會一直掉眼淚。有次我覺得好玩，把哥哥以前的帽子戴上，沒想到竟然逗笑了他們，後來我只要穿上他的衣服，他們就會開懷大笑。可能是思念過深，他們之後幫我改名而成爲現在這個名字。」

身形修長的店長把我們兩人的義大利麵端過來，並且笑嘻嘻地看著我們。

我想店長應該是誤會什麼了。

「店長的身材眞好欸。」

面對她突如其來的評語，我也只能以「對啊，跟店長太太相比，算是比較符合現在的審美觀啦」回應。

靜默一陣子以後，蘇嘉新似乎無意吃麵，接著表示：「於是我在家多半是穿哥哥的衣服；在我還是小孩子時，並不怎麼在意這件事情，只是覺得好玩、有趣。然而等到哥哥的衣服穿不下時，媽媽除了幫我買女裝之外，有時也會買小男孩的衣服回來。知道我爲什麼留著短髮嗎？」

「因爲好整理？」我順口一問。

「哥哥過世後，我一直留著短髮，媽媽說這樣比較好梳洗，但是當我看見每個小女生留長頭髮，綁著可愛髮圈，眞的很羨慕。」

我感到疑惑，「難道妳身邊沒有任何人注意到？一個五、六歲的小女孩老是穿著男裝還滿奇怪的，妳讀幼稚園時，沒有人發現這件事情嗎？」

「關於這個，我在外面是穿女裝，制服當然也是女裝。只是一回到家，我媽總會說我一整天在外頭，要把弄髒的衣服趕緊換掉。有的小孩子一天洗兩次澡，多換幾次衣服有什麼問題呢？更何況在都市裡，大家回家就把公寓門關上，根本和鄰居沒什麼往來，不僅老師在學校沒有注意，住家附近的鄰居們更不會在意這些小事。」她嘆了一口氣，「讀國小不是有便服日嗎？當其他小朋友穿著漂漂亮亮的洋裝或裙子，我卻只能穿中性的衣服，那時候眞的挺難過的。我一直比同年齡的孩子高，加上我蓄留短髮，同學們還說我這樣穿得很好看、很帥氣，活像個小男生。」

「這裡，算是鄉下地方吧？」

「我們是後來才搬過來的。」

我點頭表示理解，「呃，妳不會有性別錯亂的感覺嗎？尤其到了青春期，不覺得怪怪的嗎？」我再次提出心中的疑問。

「會啊，上了國中，我在家裡開始只穿女裝，還會向媽媽要零用錢買衣服，」她的樣子像在回想，「但後來發現，只要我穿女裝出現在他們面前，他們表情看起來都好落寞。」

「這樣呀……」我不知道該說什麼，只好一直捲動面前的義大利麵條。

「其實我爸媽對我很好。我媽在我上小學時重回職場，但是每天晚上還是會挪出時間陪我讀書、玩遊戲，他們週末假日也都和我一起過，說眞的，我很愛他們。」

「呵呵，這讓我想起我爸媽，他們總是詢問我功課寫完沒，簽完聯絡簿就跑去看電視。」我突然打岔，「請繼續說。」

「他們的教養方式好自由。」她笑了一下，「由於不忍心讓我爸媽傷心，所以只要一回家都會習慣換上男裝，我希望他們開開心心。」

「這不會影響妳和同學或朋友的關係嗎？我想外人一定不太能接受吧。老實說，要不是我看過妳穿男裝的樣子，我會覺得妳在開玩笑。」

「當然當然，我一直很擔心這種情形被同學知道，甚至讓我爸媽被別人講閒話。因此我盡量避免邀請同學到我家玩，也不太親近別人，沒想到造成我沒什麼知心朋友，常常有心事也只能一個人悶著。」

噢，我突然萌生不捨的情緒。

「那妳現在大二了，不會想以女孩子的身分生活下去嗎？妳應該也曾喜歡過人吧？看著身邊的朋友談戀愛，妳難道不感到困擾嗎？」

她吸了一大口紅茶，「其實我高中就受不了了，所以我經常在學校自修到十點多才回家，週末也去圖書館讀書，就是想盡量避免待在家裡。原本盤算大學要到外縣市讀書，但因爲我爸媽眞的很希望我能待在他們身邊，最後我還是選擇待在這裡。」

「大學不去其他地方讀書眞的很可惜，畢竟住在家裡和在外地生活的感覺差異很大。」

「是啊，我也這麼覺得。我讀心理系主要是希望能幫助爸媽恢復一般人的想法，同時間我也想找尋排解自己心中不滿的方法。」

「嗯……那妳現在不在『愉苑』打工了嗎？」

「哈哈，這個呀。找不到我的名字是正常的，我在打工之前，和店長談了很久，我希望說服他讓我在店裡的資料登記爲『蘇郁綾』，進出的名牌也使用『蘇郁綾』這個名字，後來店長勉爲其難地答應了。我很喜歡去那裡打工是因爲那至少讓我在店裡擁有女性的身分。店長是兩個小孩的母親，或許多少能體諒失去孩子的痛苦，因此每當我提起我爸媽的事情，店長總是很有耐性地聆聽。」

「這就是我到店裡找不到『蘇嘉新』的原因啊？但我怎麼好像沒在店裡看到妳呢？昨天沒上班嗎？」

「喔，我擔心在店裡走來走去遇到熟人，或是被他們看見我的名牌，因此店長爲了配合我的要求，特地讓我在廚房裡幫忙。」

「那昨晚怎麼會穿男裝在街上走呢？不是回到家才換男裝嗎？」

「事實上，我爸媽他們大約十二點左右就寢，也習慣在客廳看電視，等我回家之後和我說說話。如同剛才說的，他們看到我穿男裝會很開心，因此爲了討他們歡心，我從店裡離開後，通常會先到店長家裡換衣服再回家。更何況晚上十一點穿著男裝走在街上比較安全，對吧？」

「原來是這樣，謝謝妳跟我說這麼多，好像聽了一段很長很長的故事。啊，對了，妳好像還是沒說爲什麼要挑那本比較舊的《沉向麥海的果實》。」

「啊，對喔，抱歉抱歉，我只顧著講自己心裡的話，卻完全沒回答這個問題。」

「沒關係啦，畢竟這些話一定藏在妳心中很久了，而且我從以前就很擅長在同學身邊當個聆聽者喔。」

「那眞是太謝謝了。」蘇嘉新燦爛一笑。

我們兩個開始吃起餐點，剛剛顧著說話，義大利麵都快涼了。

她推測我不是學生，並詢問我平常的休閒娛樂是什麼？

「被妳說中了，我是個上班族，平時只能看看書或電視來打發時間，有時也去其他餐館找找看是否有什麼好吃的餐點。對了，妳喜歡看課外讀物嗎？」我反問。

「是啊，我很喜歡，我這麼喜歡看書是因爲從小受到爸媽的影響。看過《心之谷》的動畫嗎？」

「看過看過，一開始不覺得怎麼樣，但多看幾次卻覺得很有意思。」

「我爸媽的相識過程就跟《心之谷》一樣浪漫，不過還是不太一樣啦。以前我媽常去家裡附近的書店光顧，而想買的新書總是讓一個男孩子買走，這是我媽問老闆才知道的喔。那時媽媽心裡眞的很嘔，有次一大早就守在書店門口，沒想到店門一開，慢條斯理地走到新書區，正準備拿起一本書時，卻有人比媽媽先伸出手而捷足先登。這個人就是我爸，哈哈。可以說，當初他們兩個人就是因爲巧合認識，之後因爲喜愛閱讀的習慣才會互相吸引。」

「天啊，這根本就是電影的情節。」

「隨著我家的書越買越多，家裡的空間也漸漸不夠，所以他們開始過濾一些書籍，把書拿到二手書店販賣。之前有天我不用打工，下午一直待在書房裡看那本《沉向麥海的果實》，因爲看得太入迷，當我發現想看的電視節目已經開始播出，我就順手把書放在我爸媽的書櫃而跑去客廳看電視。」

「然後書就被賣掉了嗎？」我的義大利麵已經吃得精光。

「嗯，對。隔天我爸媽把一些書拿到二手書店，不小心把那本也帶去了。我不想讓他們知道我對於穿男性衣服的掙扎，所以一直沒告訴他們：我很喜歡這本書。另外，由於我爸媽告訴二手書店老闆說，他們只有一個兒子，我也不能直接跑到二手書店向老闆要那本書。後來我只要一有空就到二手書店，想把那本書找回來。」

此時有一大群學生坐到我們附近，此起彼落的嘻笑聲讓人覺得他們充滿活力，但也破壞這和諧的氣氛。

「畢竟我對那本書已經有感情了，買新書的話，感覺又不一樣。所以當我找到這本書時，我眞的很高興。」說完，蘇嘉新又伸手摸摸身邊的《沉向麥海的果實》。

「原來是這樣，在妳買之前，我還把這本書拿起來看很多次呢。」我把我認爲老闆不太會做生意的事情告訴蘇嘉新。

「是啊，老闆訂價格眞的很隨興。」

之後我們又交換對那家二手書店的新進書籍情報。

「那妳接下來打算怎麼辦呢？維持這樣的狀況一直到畢業、工作嗎？」我有些擔心。

「事實上，我打算在最近好好地把我的想法告訴爸媽。我想讓他們知道，我有自己的想法，也想依照自己的意思過我自己的人生，而哥哥過世也快二十年了，他們應該認清這個現實。」她伸了伸懶腰，「呼，說出來讓我感覺好多了。」她說她很感謝我聽她說這些。

「不會啦，有什麼事，歡迎隨時跟我談喔。」

我們一見如故，話怎麼講也講不完。接下來談起學校的點點滴滴，以及一些日常生活的小事情，最後互留聯絡方式才離開。

＋　＋

郁綾後來花了好長一段時間和父母溝通，也告知父母關於自己多年來的內心感受。想當然爾，一開始她的父母一定無法接受這樣的意見，然而經過多次對談，她爸媽也開始嘗試轉變自己的心態。與其一味地假裝失去的兒子還在身邊，不如好好珍惜活著的女兒。

之後的幾個月裡，我們不時地以電話或電子郵件聯絡，而我也習慣稱呼她為「郁綾」。有時我會在她下課後，一同陪她走路回家，更有些時候，我們一起出遊、看電影。

「那個，我一直有個疑問耶，Milano的店長為什麼看起來那麼像女性啊？」

「呃，妳觀察力會不會太好？店長平常不是只待在廚房嗎？」我疑惑地問。

「耶？真的被我說中了嗎？雖然對方總是穿著廚師裝，但從窗戶看過去，是不是一名女性還是很清楚吧？而且有次店長特地端餐點給我們啊，我不是有誇讚對方『身材』很好嗎？」

「是沒錯啦。啊？什麼啊，原來妳是指胸……」我臉頰瞬間泛紅。

「害臊什麼啊？」她戳戳我的腰。

「哪有。」我立即轉移話題，「咳，她們可是很辛苦才走到現在的喔。以她們的年紀來說，要在法律不見容同性婚姻的台灣生存，又要面對親朋好友的輿論，那壓力可想而知。」

「也是，這樣說來倒令人佩服了。」郁綾說完，突然勾住我的手往前走，「還是我們這樣自在。」

「維持現有的關係比直接講明好，若莽撞行動，可能造成難以彌補的後果」，我內心一陣悸動，卻因想起本週星座運勢而瞬間絕望。

「怎麼了嗎？在想什麼啊？」

我看了郁綾一眼，輕輕地搖了搖頭，「沒什麼」。

「對了，我最近發現一件很有趣的事情。只要是下午六點後在學校附近搭公車，就會看到一個肚子渾圓的大叔，他爲了避開其他乘客，每次都這樣用力吸氣。」她做了誇張的動作，惹得我們兩人捧腹大笑。

那天和我錯身而過的女孩子，應該就是她沒錯吧，我內心升起一股暖意。

「我們繼續往前走吧！」我邁開步伐。

郁綾跟了上來，超越我之後，哼歌轉了兩個圈圈。

唉，多希望我們能繼續走下去。

這種曖昧不明的關係持續好一陣子，只是我們彼此都沒有戳破。

隨著時序推移，轉眼間來到炎熱的八月。

對我來說，依然是每天在公司裡上班吹冷氣；對郁綾而言，則是暑假已經悄悄過了一半。

她的父母雖然還不能完全接受她是女孩子的事實，然而狀況已經逐日好轉。現在不論在家裡或是戶外，郁綾都不再穿著男裝。不知道是不是先前受到太大的性別壓抑，她特別喜歡穿裙裝，也從俏麗的短髮轉爲成過肩，據說她的未來目標是留一頭飄逸的長髮。

她一直努力與父母溝通，希望能將名字改回「蘇郁綾」。

本週的你戀愛運大開，是個告白的好時機。

這星期的星座運勢好像不賴。

那日我們相約至高雄的「夢時代購物中心」逛逛。它好比是大型的百貨公司，早上部分店家尚未開張，遊客也幾乎零零落落，沒想到一過中午，竟然開始擠滿人潮。我想大概是因爲天氣太熱，大家想待在室內吹冷氣的心情大過於參與戶外活動吧。

「我有點想吃薯條耶。」郁綾說。

「那我們去麥當勞吃午餐，怎麼樣？」

「好啊，麥當勞和7-11一樣，它們是大家的好朋友，不會亂漲價。」

飽餐一頓後，我們閒晃到一店家，那裡有著琳瑯滿目的魚種。

「這隻烏龜好像笨蛋，哈哈，笑死我了。」郁綾笑得很誇張。

水族箱裡的一隻烏龜正努力爬上石頭來曝曬牠的龜殼，然而一隻前腳抓住石頭，另外一隻前腳碰到滑滑的水族箱玻璃，由於爬不上石頭而不斷重複同樣的動作，就好像「跳針」一樣。

我看了其他石頭上的烏龜，一隻烏龜前腳疊在另一隻烏龜身上，而那隻烏龜也做了和前一隻烏龜同樣的動作，共有三隻烏龜疊在一起。

「烏龜長得好醜，妳不覺得嗎？」我盯著烏龜的兩個鼻孔瞧。

「我倒覺得烏龜很笨，一直發呆，牠們現在一動也不動，真的很像笨蛋，哈哈。」

記不清楚下午的時間如何度過，不過每次與郁綾共同相處的時間總是飛逝得特別快。吃完晚餐，我們搭直達電梯到七樓，再透過電扶梯前往頂樓。

我們打算搭乘摩天輪來欣賞高雄絢麗的夜景。

週末假期排隊大排長龍，或許是因爲看夜景比較能滋生浪漫的情緒，排隊的人以情侶居多。

郁綾用學生證買了兩張價值兩百四十元的優惠票，幫我省下買全票三十塊的差額。我們跟隨前面的隊伍，順著彎彎曲曲的路線前進，「卡擦卡擦」，閃光燈的光線此起彼落。

好不容易輪到我們，郁綾開心地跳上摩天輪，並拿起身旁的凱蒂貓抱枕。

「哇，好可愛喔，裡面居然有抱枕耶，」郁綾回頭看下一個包廂，「後面有兩個抱枕，早知道就搭那台。」

「原來摩天輪裡面有裝設冷氣，我還一直擔心這裡會很熱。」我開心地說。

眺望港都高雄的城市風光，遠方的海看起來沒有什麼波瀾，一切都顯得很平靜。我們先是聊了當日見聞，再互相拍照留念。

等到摩天輪升至一定高度，我趁著郁綾瀏覽數位相機照片的同時，輕輕地握住她的手，也聞到她身體傳來的馨香。

可能是太過意外，郁綾的身體似乎微微顫抖。

「郁綾，妳知道嗎？」我吞了口水，眞誠地直視對方，「陪伴妳眞的讓我感到很快樂，往後能讓我一直在妳身邊照顧妳嗎？」

除了鼓動的心跳聲，四周一片靜默，頓時讓我有點不知所措。

經過數秒，郁綾突然抬起頭來：「耶？呃，可是……我們都是女生耶。」

（第二屆聯盟徵文貳獎，原發表於二〇〇七年）

【作者簡介】

周小亂

曾就讀中正大學及中山大學，對於推理小說從不挑食，只希望從中獲取一份感動，喜歡從友人的聊天中，決定下本涉獵的對象；對橫溝正史、京極夏彥、伊坂幸太郎、勞倫斯・卜洛克和約翰・狄克森・卡爾的作品毫無抵抗力，但有時會消化不良就是了。

余小芳

暨南大學推理同好會第五屆社員，為在社時間最長的紀錄保持者，現為社團指導老師，同時擔任台灣推理作家協會年輕學子委員會主委。評論文章散見於書籍推薦文、解說及博客來推理藏書閣電子報內，部落格為「余小芳的推理隨文2.0」（http://hn8973.pixnet.net/blog）。

【解說】

憨膽，或許是青春最佳的註腳

曲辰

台灣的大學推理社團就好像是個奇特的共同體，每個社團固然有自己的傳承，但也與其他社團分享自己成長的軌跡。台大推研曾經收留暨大推同會，中國醫推研元老跟暨大推同眉來眼去許久，暨大與中正推研共享同一個創社者，政大推研的創社成員之前多為台大推研社員。可以說大學推理社團裡沒有六度分離這回事，最多只需要兩個人當橋樑就可以幫大家串起人際關係了。

這篇小說的兩位合寫作者，剛好是這種「推理社團共同體」的最佳範例，余小芳出身暨大推同，而周小亂來自中正推研，兩個人跨過地域（南投埔里跟嘉義民雄）與科系（中文系與電機系）的限制，合作寫出了這篇短短可愛的日常推理小說。

就初學者而言，這是個聰明的開始。

八〇年代末期，東京創元社積極開發日常推理此一子類型，好跟講談社的京大推研社一干作家相抗衡，從此之後，日常推理蔚為大宗。我曾經在某篇文章寫到，「日常推理強調的是一種『日常生活』的氛圍，將目光投射到我們每天都經歷的日常事情，將或有不解之處膨大變形成舞台上的焦點，然後靠著個人的經驗與才智來推敲出眞相。」換句話說，日常推理其實就是從我們身邊的小小世界出發，把我們每個人都會遇到的瑣事「謎題化」，再透過小說的方式解決。

就謎團的角度而言，「日常推理」的難度顯得較低，因此很適合新人拿來練習寫作。然而，謎團本身的魅力被削弱，代表在文字或故事技巧上需要更高段的能力來予以說服讀者「故事的可信度」，這也就是〈我邂逅的那個少女〉所遭遇的最大問題。

故事始自一個很有趣的謎團，「二手書店裡擺著兩本同樣的書，爲何有人要選擇比較貴卻比較舊的那本呢」？而在這樣的謎題鋪陳下，還帶入了打工身分之謎、性別變化之謎等等小謎團，可以說非常豐富。

但問題也就在這裡，謎團太豐富了，作者根本無暇去經營安放各式線索，所以常會有倉促之感（例如義大利餐廳店長性別之謎，讀者搞不好還沒摸清楚狀況就看到謎底了）。此外，作者常常花費筆墨去描寫似乎沒有意義的內容（例如鉅細靡遺告訴讀者簡餐需要多少錢），這也容易造成讀者注意力的渙散。

坦白說，以一篇推理小說而言，這篇稱不上傑作，我相信再讓作者重寫一遍，也一定會發現上面我所提到的缺點。但這邊按照當年的原樣刊登，我們反而可以從其中讀到某種新人的直率、坦白、掙扎與勇氣。

憨膽這件事，畢竟是年輕人的專利，也標記了台灣推理小說尚未蓬勃的時候，某種從底層散發出來的生命力吧。

【作者簡介】

曲辰

暨南大學推理小說同好會第一屆成員，曾任學術、社長，這輩子對某個社群的熱情大概都貢獻給暨大推同了。加入暨大推同的路程相當綿延婉轉，在跟同系的創社學長表示想要加入推同會的當天晚上，九二一大地震就拆散了我們跟埔里的緣分，雖然在台北仍然勉強聚了幾次，但好像還是回到埔里才比較有認同感。

後來去中正大學念碩士班，也加入了中正推研，有幸得以認識了紗卡、遊唱、心戒等人，如今想來，在推理這條路上，一手創建了暨大與中正推研社的呂仁簡直是我的神。

目前多以推理評論家在外招搖，還請多多愛護。

食屍鬼

森木森

食屍鬼（GHOUL）

潛伏地底啃食屍肉的邪淫惡鬼，許多食屍鬼原本皆是人類，卻因無法忘懷人肉鮮美的味道，最終才墮落成此模樣

——引用自《圖解克蘇魯神話》*CTHULHU MYTHOS*

森瀨繚　二〇一〇年六月十一日

Chapte 0

6:20 PM

冷風在長長的巷道呼嘯著，時序邁入冬季，夜晚似乎來得特別早，騎著腳踏車的百川吹起口哨，他在前不久剛升爲紡織廠的廠長，心情會如此雀躍也相當自然。

想當時眞有些詭譎，兩位前廠長和副廠長莫名失蹤，於是，順理成章的，他這最佳廠長候選人也就當上了廠長。

想到這裡，不知怎的，他忽然回憶起在夜暮鎮郊區似乎有間廢棄很久的倉庫，正好目前紡織廠也缺一間倉庫……

「不如就去看看吧。」

一陣心血來潮，百川決定直接驅車前往，逆著冷風，百川的單車快速前進著。

隨著單車的前進，他心中似乎有股熾熱的火焰逐漸燃起，那是一股無法輕易澆熄的烈火，狂暴的焚燒著他的內心，使他雙腳的踩踏速度越來越快。

在此同時，他腦中似乎浮現了某種模糊的景象，但是當他越是思索，那段隱晦的想法卻越是褪色，隨著那段想法的褪色，他內心的異樣感受也瞬間消逝無蹤。

「最近老這樣……感覺好像忘了什麼……」

百川困惑地搔搔頭，暗自呢喃。

當他回過神時，郊區布滿碎石的小徑已映入眼簾。

小徑轉彎處長滿高度及腰的雜草，但奇怪的是，部分雜草較低，彷彿曾遭過踩踏。

「怪了，是誰來過這種荒郊野外……」

百川暗自呢喃，但仍未停下雙腳。

也不知道步行了多久，狹長的孔道終於到了盡頭。

小徑的盡頭是一座外型方正、牆面灰白的倉庫。

牆壁上方爬滿綠苔，呼應著夜色發出詭譎綠光，月亮在此時忽然被黑雲遮蔽，周遭霎時變暗。

倉庫周圍由疏林包圍著，滿地雜草叢生、碎石滿布，在黑暗中有股難言的詭異。

百川首先繞了倉庫一圈，在倉庫的後方是一條小水溝，裡面積滿淤泥與落葉，發出的腐臭味讓百川皺起眉頭。

倉庫的側面被畫上了奇怪的老鼠塗鴉，感覺頗有歷史，深灰色的顏料已經斑駁。

回到正面，建築物的大門緊閉，門上嵌著有些鏽蝕的門閂，彷彿深藏著什麼難言的禁忌。

百川嚥了口口水，忽然有種想掉頭就走的衝動，這種地方天亮再來也不遲，雖然這麼想，但自己都已站在大門前……

在經過一番掙扎後，百川的理智克服了恐懼。

硬著頭皮走向大門，他將頗有重量的門閂奮力抬起，丟至一旁，並試圖推開大門，但令他疑惑的，門似乎上鎖了……

「從內側反鎖……」

他喃喃自語。

「那就沒辦法了。」

他深吸了一口氣，並用全身的力氣撞向大門。

他似乎聽見了鎖因撞擊而發出的鏗鏘聲，但門仍然未敞開。

「還差一點……」

他再次撞向大門，這次門已出現一道細縫。

深吸一口氣，他用盡全身的力氣再次撞向大門。

「鏘」的巨響伴隨陣陣刺鼻怪味奪門而出，門終於在他的努力之下敞開，然而莫名的怪味卻使他皺起眉頭。

困惑著怪味來源，百川踏進倉庫之中，不踏還好，在踏入的刹那，那股怪味竟成爲濃濃的血腥味，百川強忍吐意，將眼睛望向倉庫內。

倉庫唯一光源，天窗，此時正灑下華美的銀白月光，但在月光照耀下，眼前卻是齣殘忍至極的悲劇，牆壁、地板布滿著血漬與令人作嘔的液體。

而房間正中央，倒臥著一具屍體……

Chapter 1　推理的研究

緩步走下計程車，遠遠就看見一位頭髮微禿，戴著細框眼鏡、身穿整齊西裝的中年男子露出官方的微笑。

「您就是知名小說家，郁美小姐吧。」

「是的，說知名不敢當，只是一個對推理稍有研究的普通小說家罷了，您就是……陳校長？」

「您謙虛了，您的小說的熱銷程度還不能算是知名，那恐怕也沒人敢自詡爲知名了，是的，我就是夜幕大學的新校長，敝姓陳，這次眞的很有榮幸能請到您在百忙之中抽空爲我們學生演講，這邊請，外面很熱。」

校長客氣地招呼郁美走進校園。

一片綠海讓長途奔波的疲累減輕不少，其實目前郁美手頭上還有三篇短篇稿件要完成，但是夜幕大學畢竟是郁美的母校，若沒有在夜幕大學中的際遇，或許她現在也當不了這麼出色的小說家……

「不，或許會連小說家也當不成也說不定……」

郁美暗自思忖。

況且，偶爾渡個假尋找靈感也不錯，基於以上理由，郁美毅然決然地搭上大眾運輸工具，經過三次轉車終於到達這熟悉的地點。

說實話，這裡與兩年前郁美畢業時的景象並沒有太大的差別，不過樹木倒是變得更蓊鬱了。

「這邊請，您應該很熟悉吧，這個演講廳沒什麼變，不過倒是新裝設了電梯。」

校長再次露出親切的微笑並解釋，但此時郁美並未將注意力放在校長的說詞上，只是敷衍地點了點頭。

「您在看什麼嗎？郁美小姐。」

「呃，不，沒什麼。」

郁美尷尬地笑了笑，但是眼睛仍盯著某棵在禮堂前有些突兀的枯木。

對了，是應該去看看他啊……

那位多年前際遇裡的關鍵人物，也是啓發郁美的貴人。

「郁美小姐，電梯到了。」

「嗯，好的。」

透明的電梯緩緩上升，郁美的視線仍在那棵枯木上游移。

一切都感覺如此熟悉，卻又有些遙遠，也許回憶就是如此，不去翻動的話，就只能看見若有似無的表面，但當無意間翻動後就會發現，原來，所有的片段都未消失，只是伴隨著呼吸，深藏在自己的血液，流動於體內……

輔導諮商室的檜木地板仍跟兩年前一樣散發著原木應有的香味，讓人神清氣爽。

長長的走廊連接著潔白的牆面，牆面上並排的窗戶微微敞開，微風從隙縫吹入搭配著和煦夕陽更讓人輕鬆愜意。

但對剛完成演講的郁美來說，來這裡不只是爲了放鬆心情，而是有著更重要的原因。

她從未忘記，在那長廊的盡頭的房間裡，總是坐著一位露出似笑非笑表情的諮商師……

「抱歉，打擾了。」

郁美敲了敲門，並輕聲地詢問。

「請進。」

門內傳來了模糊的回應，郁美轉動門把發出清脆的「喀」聲。

輕輕一推，個人諮商室的特有濃烈氣味撲鼻而來，那是樟腦的氣味。

郁美仍然記得，樟腦是那位諮商師最愛的味道，明明厚重到令人頭暈，他卻總顯得怡然自得。

「您是……郁美小姐嗎？不會吧！我是您的書迷！」

巨大的吼叫將郁美的思緒拉回現實，眼前並非熟悉的諮商師，而是一位看起不過二十出頭的青年。

「您是……哪位啊？請問諮商師日詩先生呢？」

「啊，您說日詩老師啊，他去警察局那裡啊，好像有個很難搞的案件的樣子，您跟日詩老師很熟的話，應該也知道吧，當警察局那邊出現疑難雜症都會請日詩老師去推理一下。哈哈，我是他的工讀生喔，叫我阿肋就可以了。」

少年熱情地從包包拿出五六本小說，推到郁美面前，並拿出麥克筆請她簽名，郁美也只能苦笑地在每本書上一一簽上大名。

「對了……啊……什麼。」

「阿肋！」

「嗯……阿肋，你怎麼知道我跟日詩先生很熟啊？我們見過嗎？」

郁美忽然有些疑惑，少年似乎很篤定地認爲她對日詩很熟悉，但是她印象中從來沒見過這位少年啊？既然是第一次見面，那他又從何得知？

「這個啊……畢竟我是日詩老師的學生嘛。」

少年露出得意的笑容，並接著解釋道。

「首先，是妳敲門的問候語，妳的演講才剛剛結束吧？因爲我是妳的書迷，所以我知道，妳今天從北部搭車下來然後就緊鑼密鼓的進行演講，演講完後就直接到了這間諮商室。

那麼，妳應該不會知道這間諮商室的諮商時段才對，畢竟日詩老師並非普通的諮商師，他的門診時間每天都不固定，此外，他也沒有將門診時段公布在網路上，唯一能得知門診時段的方法是到學務處去查，但妳根本沒那時間，因此我可以合理推斷妳不知道門診時段。

但接下來，疑點就來了，妳到諮商室敲門時說的是：抱歉，打擾了。一般人在不確定門診時段下應該只會敲門，或是說：請問有人在嗎？但妳卻篤定地說抱歉，打擾了，彷彿早知道這時候有人一樣，況且我剛剛又沒開燈，在毫無把握下人是不會用如此明確的問候語的，這是我的第一個推論。」

郁美不禁點點頭，但是這還不能說服她。

畢竟問候語本來每個人習慣就不同，如此斷言未免太早。

阿肋見她有些不太服氣的模樣，於是笑了笑繼續說道：

「來聽聽第二點吧，當妳打開門時，撲鼻而來的是濃厚的樟腦味，第一次來的人必定是非常不習慣，至少會皺眉，但妳卻神色自若，表示妳早有心理準備，而且習慣了這味道。」

郁美再次點了點頭。

這點倒是真的，這種味道是無法讓普通人立刻習慣的。

「接下來是最後一點，日詩老師並未將自己的照片公布在網路上，也沒有貼在布告欄，唯一能知道日詩老師長相的地點就在學校人事室資料櫃裡老師的入校卷宗，這麼一來，妳是怎麼知道我不是日詩老師呢？網路上的資料只有日詩老師的名字和曾就讀學校吧？」

郁美恍然大悟，也不禁開始佩服眼前的少年。

感覺就像是當年的自己，如此明確且精闢的推理……

「真厲害啊，雖然漏洞還是不少，但我都不禁佩服你了，阿肋。」

正當郁美沉浸在回憶中時，熟悉的聲音卻突然出現，衝入耳膜，郁美快速回過頭，眼前是一張自己從未忘記的臉……

「日詩老師您回來了！」

阿肋大聲說道。

「是啊，明天才能進入現場，嗨，ＡＳ，好久不見啦。」

眼前的日詩老師完全沒變，接近三十五歲的年齡看起來仍然像是三十出頭。

頭髮黑白相間，招牌細框眼鏡也與記憶中相同，搭配他稍稍蒼白的臉顯得更加可靠穩重，再加上筆挺的西裝，儼然就是一位只會在電影中出現的專業心理諮詢師。

「日詩老師，您叫我AS啊。」

「是啊，我是妳的書迷，這是妳的筆名吧。」

日詩似笑非笑地看向郁美，這是他的招牌表情，讓郁美有種深切的熟悉感。

「喔，既然是我的書迷，那日詩老師可以猜出我筆名的祕密嗎？我可是從來沒公布過喔。」

郁美狡黠一笑。

「當然，筆名可能是從想法，生活，或各種層面衍伸出來，那麼就從妳的生活著手吧。妳是一位小說家，編輯稿件最常使用的工具，恐怕就是妳手上的筆記型電腦吧，既然如此，那也就不難猜了，借我一下好嗎？」

只見日詩將郁美手上的筆記型電腦從袋中取出，並打開鍵盤，將A與S兩鍵指出。

「A與S的倉頡碼是日與尸，我記得妳是使用倉頡吧？」

郁美再次服了日詩老師，果然不管過幾年，他的反應仍如此敏銳啊……

沒錯，她的筆名就是以當年事件的關鍵人，同時也是她生命中的貴人——日詩老師為概念變造的。

「看來這幾年妳對推理仍有持續研究啊，郁美。」

「嗯，為了讓小說完美，我仍然持續研究老師曾教我的邏輯與想法。」

「那麼……」

日詩忽然收起笑容，露出嚴肅的表情，並說出一句讓郁美難以置信的話語。

「妳也來參與這次的案件吧，當作是妳對推理的研究。」

Chapter 2　現場與疑點

「那座倉庫位於夜暮鎮近郊，所以不算太遠。」

「嗯！」

次日清晨，天空受到黑雲包覆，並吹著涼風，坐在行駛於縣道的深黑色的賓士車中，日詩與郁美對話著。

那是一台從郁美學生時代就被駕駛的轎車，由於日詩非常寶貝這台愛車，保養得宜，至今性能仍非常完善，外觀和內部更是精緻得無話可說。

「那麼，關於案件，現在妳開始發問吧。」

日詩淺淺一笑望向郁美，眼中閃爍著期待的光彩，彷彿一隻飢餓的狼犬看到大群獵物一般。

「真懷念啊，學生時代每天都要受到這樣的訓練呢。」

「是啊，只不過這次可不是海龜湯，是真實案件。」

郁美本想以放鬆的心情來回答，但聽到日詩所說的話，卻不自主地收起了笑容。

沒錯，這次可不是悠閒地坐在電腦前創作小說，更不是學生時代的推理訓練，而是貨真價實的案件……

一陣令人窒息的寂靜籠罩車內，郁美的眉頭緊皺開始思考。

「那就先請問地點和目擊者吧。」

「目擊者叫百川，職業是紡織廠廠長，地點是紡織廠倉庫。」

「時間、被害人和現場狀況呢？」

「目擊者在七點五十分趨近八點時，忽然慌亂跑進警局請求協助，根據員警說法，他當時激動地喊著紡織廠廠長死於倉庫，員警隨即尾隨他至現場，現場光線明顯不足，故須用緊急照明燈照明。

死者確定爲紡織廠前廠長——樂良，死狀悽慘，右手遭利器砍斷，但卻不知去向，而凶器也尚未尋獲，死亡時間斷定起碼有十一小時，但這並非最奇怪的，根據目擊者說法，在他到達時，門是由內反鎖的，並且由警方確認過門鎖是在百川破門而入時遭破壞。」

「那……不就是——」

「是的……」

日詩的面容因爲經過的隧道顯得忽明忽滅，但顯而易見的那是一張興味盎然的臉，只見他的嘴緩緩張開，吐出那兩個關鍵的字眼。

「密室。」

「來吧，我們到了。」

郁美關起車門，並跟隨著日詩的腳步走向一條荒煙蔓草的小徑，才走了沒幾步就看到數位身穿警裝的男子。

「日詩先生您來了！後面那位小姐是？」

「這位是我的助手，她叫郁美。」

「好的，日詩先生，郁美小姐，請隨我來吧。」

警察對日詩顯得畢恭畢敬，也許是之前他解決過不少案子吧，郁美暗自思忖著。

此時，身邊的日詩卻忽然遞來一樣物品，細看才發現原來是醫院裡常見的口罩。

「戴著吧，妳這種新手可是會被裡面的腥味薰昏的。」

日詩微笑地看著郁美，反而使她頗不服氣。

「我不需要這種東西，我已經不是小女孩了！」

「好吧，可別後悔。」

日詩斜眼瞟著郁美，讓她有種想要大聲叫罵的衝動，但眼前帶路的員警卻在此時開口。

「兩位，就是這裡了。」

命案現場——倉庫，不知何時已映入眼簾。

斑駁的外牆和爬滿牆壁的綠苔讓人有種毛骨悚然的感受，大門上有兩個不明所以的突起環狀物，在這種氣氛的渲染下，竟與惡魔的尖銳犄角有些相似。

正當郁美震懾在如此詭異的氣氛時，卻看見日詩蹲在倉庫門前的泥土地上，似乎正在思索著什麼。

「老師，有什麼發現嗎？」

「沒有，我們進去吧。」

日詩站起身，微微一笑，步入倉庫。

郁美曾看過那種笑容，那是日詩對事物已有某種程度掌握時的笑容。

經過日詩剛剛蹲下的地點時，郁美也稍稍觀察了一下，但泥地上除了有一些像是摩擦過痕跡外，卻什麼也沒看見。

「怎麼回事啊？」

郁美搔搔頭，在摸不著頭緒下，也只能隨著日詩步入倉庫……

現場眞只有四字能形容——慘不忍睹。

乍看之下現場只是一般常見的倉庫擺設，地上覆蓋著一層厚厚的灰塵，牆角放置著一把握柄爲褐色、上方沾了些黑土的鏟子，另外還有一把鏽蝕的耙子倒在一旁，右側堆疊著一些像是棉布的東西，被沙土沾汙的表面已經泛灰。

然而看似平凡的倉庫，中間卻突兀地倒臥著一具屍體。

受害者樂良倒臥在倉庫中間，雙腳平展，雙眼似乎飽含著強烈的怨恨，左手呈現弧度，而原本應該是右臂的部分則空無一物，只留下大片怵目驚心的血泊。

房間底部的牆面和倉庫地板也出現了詭異的血跡，讓人摸不著頭緒。

此外，最令人難以忽視的是，他背後有個不算淺的傷口。

「兇手應該是從背後給予重擊，令他倒下後，再砍斷他的手，這是目前最合理的推測了。」

郁美眉頭深鎖仔細思考著，卻沒發現在不遠處一位穿著警裝的中年男子正露出輕蔑的面容緩步接近。

「小妹還是儘快回家吧，這種地方可不是遊樂區啊！」

郁美回過神，看見眼前不知何時出現一位面露不屑的警察，正打算大聲反駁時，身旁卻傳來了一個穩重的聲音。

「是我叫她來觀摩的，如果她有任何打擾到您的地方，算在我頭上吧。」

仍是似笑非笑的一號表情，但此時的日詩卻讓人有種無形的壓迫，只見那位警察趕忙陪笑臉。

「偵探先生別誤會了，我只是關心您的助手罷了，我叫做青岳，負責此次案件的隊長，合作愉快。」

「原來是隊長啊。」

郁美暗自想著，她一向討厭這種散發出自以為是特質的人，但為了此次調查順利，還是該和平共處。輕嘆了一口氣，郁美伸出手示意要與隊長握手，但沒想到，隊長只是不屑地別過頭，這表現令郁美又是一陣光火。

「算了。」

一旁的日詩將手搭上郁美的肩輕聲說道。

郁美雖然仍有些火大，但眼看連日詩都這麼說也只好作罷。

擺脫惱人的隊長後，日詩與郁美繼續檢視著現場，此時日詩卻忽然停在一團棉布旁。

「怎了嗎？日詩老師？」

「郁美，妳來看看這個。」

映入郁美眼簾的是一個放置在棉布上方、閃耀著銀白色澤的不鏽鋼銅盤，看起來貌似餵食寵物的淺盤。

「這裡……怎麼會有這種東西，而且感覺很新。」

「是啊。」

日詩微微一笑，正當他要開口繼續解釋他的推理時，一聲巨吼打斷了兩人的思緒。

「對於案件有什麼想法嗎，偵探大人？」

日詩緩緩撇過頭，眼前是不知何時又跟在他們身旁、陰魂不散的隊長。

「關於這點……」

日詩指著屍體身後的傷痕。

「兇手從背後給予重擊，令被害人趴下，再砍斷他的手……」

「這警方早就猜到囉，而且我們還知道在被害數天內都因不明原因沒進食，因此而有營養不良的狀況，但不至於致死。」

隊長誇耀似地笑著，彷彿在看著眼前的偵探能玩出什麼把戲。

然而，日詩只是淺淺一笑。

「挺不錯的啊，線索又多一條囉。」

聽到如此平靜的回答，隊長不禁有種想徹底羞辱一下眼前這位比自己更受上級重視的人一番的衝動。

正當煩惱著該如何侮辱眼前這位偵探，青岳的眼神瞥見了牆角的血痕。

靈光一現，青岳嘴角浮起笑容繼續說道。

「是啊，是啊，不過倒是有件事困擾警方很久了，請跟我來……」

隊長領著兩人至房間盡頭，並指了指一面被血漬沾汙的圍牆。

「就是這裡，牆上有血痕，地上有血滴，但血滴的路徑相當奇怪，似乎是從房間中央滴到這面牆附近，接著又往返回到中央屍體處，然後就中斷了。

初步推測是兇手不知爲何目的拿著被害者的斷肢走到這個地點，接著又往返，但很奇怪的是，血跡在房間中央便消失，斷肢還未尋獲，難道兇手拿東西盛裝著斷肢走出大門，不讓血液滴下？那他又何不一開始就盛裝呢？還讓血滴了這麼長的一段路，此外，走到房間盡頭的意義又是什麼？」

心想這總考倒你了吧，隊長再次露出笑容。

這次，還多了幾分嘲諷。

然而日詩只是淺淺一笑，緩緩答道。

「您提出的論點不攻自破，因爲根據現場資料，你們到這裡時是密室吧，那麼拿著斷肢的兇手根本無法離開大門。」

原本還有些擔心這道難題會考倒日詩，但此刻證明是自己多慮了。

郁美暗自讚嘆，並有種鬆口氣的感覺，沒錯啊，是密室……

「那你說還有什麼辦法！變魔術嗎！」

隊長有些惱羞成怒，於是大聲吆喝道。

「的確沒錯，有時犯罪就像一場魔術，請先別急，想想如果您此刻拿著一隻滴血的斷肢，走到房中央，那麼要怎麼不著痕跡地離開建築？」

日詩不疾不徐地說道。

「這種問題誰知道，知道我豈不就破案了，還要在這耗！」

隊長惱怒地大吼。

「我想只有飛起來或潛到地底吧……」

在一旁的郁美卻在此時細語呢喃。

「郁美，很好。」

日詩露出溫和的微笑。

「但飛起來會撞到天窗，鑽到地底有地板隔絕，這麼說起來就要附加穿牆的能力了，隊長，聽過飛天夜叉這種妖怪嗎？」

「你是說兇手是妖怪？」

隊長仍面露不屑，但似乎已經平靜不少，並且認眞地思索起了這個問題。

「我並沒有這麼說，只是想舉個例子。看來你不知道啊？其實他是存在於中國古代傳說中的一種妖怪。傳說某寺院在一個天朗氣清的日子中舉辦法會，大家都玩得很盡興，然而，卻忽然從天空飛下一隻頭如驢且有蝙蝠翅膀的妖怪，那妖怪飛行速度之快，在大家都還未回過神時，便擄走一名年約十歲的小孩，孩子的父母很著急，在動員村民搜尋數天後，終於在高塔上找到孩子，孩子的健康狀況不錯，只是稍稍營養不良，根據孩子的說法，飛天夜叉待他不薄，每天供他簡單的三餐，由此可知兩件事：

一、飛天夜叉是個還不錯的妖怪。

二、是關於心理學的斯德哥爾摩症候群（Stockholm syndrome），人往往在被釋放後會感謝綁架他的人，是一種特殊情境下的心理異常。」

「那跟這個案件又有什麼關係？」

隊長顯得相當不耐煩，而在一旁的郁美則是仔細思考著。

「只能說可能有關係，也可能沒關係，先回到脫離房間這個問題上吧，假設兇手是由上方離開房間，那麼他需要一個梯子來推開天窗，爬出去之後收起梯子，並從天窗取出，接著從屋頂跳下來離開倉庫，這麼說起來也不是不可能。」

「對了！我怎麼沒想到這方法！欸那邊的……」

眼看隊長急著想吩咐隊員展開調查，但卻被日詩出聲制止。

「先等等，這論點被我推翻了，原因請您看看天窗。」
「什麼？」
隊長抬頭仰望天窗，卻沒看出所以然。
一旁的郁美皺眉數分鐘後，突然發出了似乎想到什麼的驚嘆。
「難道是灰塵？是嗎？日詩老師！」
「是的，沒錯，若有攀爬過的痕跡應該會很明顯，因爲天窗有厚厚的灰塵。」
日詩讚許一笑，郁美不禁感到有些驕傲。
「那問題不就又回到原點？」
看隊長似乎有些洩氣，日詩再次微笑，並將手指指向牆角的一樣物品。
「冷靜一點，隊長，不知您對這把鏟子有何看法？」
「根據目擊者說法那是倉庫本來就有的東西啊，怎麼了嗎？」
「您說目擊者證實？」
日詩輕輕皺眉，但又瞬間回復平靜無波的面容。
「是啊，因爲目擊者本身是紡織廠老闆，所以他對這倉庫也頗有印象，據他的說法，在他還是學徒時常來這……」
「這麼說來，在廠長死後他當上了該廠廠長？」
「因爲老闆失蹤多日嘛！怎？你懷疑他啊，雖然說目擊者是第一嫌疑人是常識啦，但世界上眞的有兇手笨到自己殺人還報警嗎？而且爲了保險起見，測謊也測過啦！沒問題啦！」

日詩點了點頭，露出了似笑非笑的表情。

郁美認得那表情，那是在記憶中老師即將解決難題的面容。

「既然如此，回到鏟子的問題上，您看出端倪了嗎？」

「是會有什麼端倪，不就是普通的……」

隊長走近鏟子，隨意的看了幾眼，正打算要離開時卻突然瞥見……

「這裡……怎會有新的土！」

「是的隊長，有人拿它來挖土，而且是在不久前。」

「那又如何，頂多只是證明兇手或被害者不知道什麼原因，拿它到外面挖土罷了。」

隊長仍愁眉不展，但日詩卻在此時坦然一笑。

「不，隊長，請您驗驗指紋吧。」

「驗指紋，現在也沒嫌疑犯可比對啊？」

「請您驗一驗吧，隊長。」

看著日詩如此篤定的表情，隊長於是叫身旁的鑑識小組將鏟子的指紋拿去化驗，困惑著如此到底有何意義，日詩卻在此時出聲。

「請與死者指紋比對。」

「死……死者？」

「是的。」

抱著不試白不試的心理，隊長吩咐即將離開的鑑識小組將鏟子上的指紋與死者的指紋比對。

一段時間後，隊長的手機響起，撥打電話的是前去比對指紋的員警。

「隊長，鏟子上的確有死者的指紋！」

「這是怎麼回事？」

隊長滴下汗珠，掛斷電話，思緒一陣混亂。

「死者死前挖土？但他爲何要挖土？所以他是挖完土之後，進入房間才慘遭毒手的嗎？難道兇手是躲在倉庫裡守株待兔？等等……搞不好是兇手殺了死者，然後戴上手套拿著死者用過的鏟子挖土，之後再放回現場，但兩種論調都無法解釋門反鎖的問題啊！」

郁美看著眼前的隊長失措的模樣不禁有些好笑，於是出言安慰。

「別緊張啦，隊長，推理時最重要的是冷靜……」

日詩也在此時微笑，並緩緩說道。

「郁美說的沒有錯，不如給你們一個方向吧，若刪掉天空，那兇手能往哪走？」

「地下，地下……啊！難道！」

隊長表情一驚，似乎想到了什麼。

「快移開死者屍體！快！」

警員聞命，趕忙奔向屍體，並合力將屍體移開。

移開屍體後，映入眼簾的竟是一道地上的暗門，方才因爲死者擋住最明顯的不鏽鋼扣鎖，並且血液還染紅了四周，所以才沒被發現。

隊長見到這個得來不易的線索，事不宜遲，立刻吩咐幾位員警，拿著事先準備好的照明設備，打開扣鎖以潛入地底的空間，但才打開窖門，卻立刻到了一把閃耀著暗紅光澤的……

「長官！是凶器！」

率先潛入的員警說道。

「把它收好，是重要證物！」

隊長邊回答著跳入了地下空間，日詩與郁美則尾隨在後。

地下空間感覺像是儲藏室，四周由水泥牆構成，材質並不厚，甚至許多都因外層的泥土穿透而斑駁，長方形的空間看不見盡頭，彷彿有一段頗長的距離。

就在數十名警員戒愼恐懼地將染血的刀子包裝好後，隊長示意所有人繼續前進。

不知道是否爲心理作用，地下室的溫度似乎異常冰冷，在照明設備隨一行人的腳步晃動下，光影在牆面上不斷地搖曳，彷若有許多邪淫惡鬼圍繞在四周般令人驚懼。

此外，一股血腥和難以言喻的腥臭味逐漸濃厚，直襲口鼻而來，後方許多員警都已露出了難看的臉色，就連隊長也下意識地揉了揉鼻子。

「這股腥臭味是怎麼回事……」

郁美皺著眉回頭望向走在後方的日詩，只見他仍是招牌的表情，也許，在很久之前，他就已經結案了也說不定。

「是排泄物的味道，因爲他們不得已只能在這裡排遺，並用土埋起來。」

日詩仍不改招牌表情，不過此刻卻泛起了意有所指的微笑。

郁美本想繼續詢問這段令她摸不著頭緒的話，卻在此刻聽見隊伍前方的大吼。

「隊長，您看，這裡的牆面遭到破壞！」

走在隊伍最前方的員警大聲通報著。

郁美順著聲音來源望去，只見一個原本像是倉庫盡頭的薄薄水泥牆遭到破壞，更接近後發現，水泥牆的碎片散落一地，而水泥牆後的土層似乎被挖掘過。

被挖掘過的巨大坑洞儼然是一個巨大隧道的入口，但不知名的隧道又像惡魔貪婪的嘴，讓人有種無形的壓迫。

「大家繼續往前走！」

隊長一邊命令著一邊加快了腳步，一行人也亦步亦趨地趕上。

不久後，挖掘的地道到達了盡頭，血腥味也達到極致。

在白光照耀下，眼前是另一幕令人難以置信的景象——

一具屍體，背靠在隧道盡頭的土牆上。

而那具屍體，手上拿著大家搜尋已久的東西——樂良的斷肢。

Chapter 3　終

諮商室飄著淡淡咖啡香，混雜著濃重的樟腦味，讓人有種詭異的嗅覺體驗。

「案件算是解決了吧！眞沒想到兇手竟是目擊者兼報案的百川呢……」

郁美在諮商室中啜飲著咖啡，其實距離案件解決早已經過了一個月的時間。

當天調查結束後，郁美因爲編輯部的催促而趕回北部，使她一直無法一窺案件全貌。

在經過數個月沒日沒夜的趕稿後，郁美才終於在這個假日騰出時間，回來與日詩老師聊聊這個使她困惑已久的案件。

「說起這案件眞的挺特殊的，這是一起殺人的並非眞正兇手的密室，也可說是三個人都是兇手的密室。」

「這是什麼意思？等一下，先告訴我百川到底是如何在殺人後，把斷肢交到副廠長手上又離開密室的吧？」

郁美在讀過相關報導後，知道當天看到的第二具屍體竟然就是與廠長同時失蹤的副廠長，當時也頗爲震驚。

「其實他並沒有做出妳所說的那些事，他只進過一次密室，應該這麼說，在案件發生時，他並不在密室裡。」

「這是什麼意思？」

郁美困惑地睜大眼睛，日詩則笑笑地啜了口咖啡，繼續說道。

「這起案件一開始的性質是勒索案件，百川將廠長與副廠長囚禁於荒廢倉庫中，每日只提供流質食物，交換他們自由的條件就是讓他當上廠長，還記得我在進入現場前觀察土地上的擦痕嗎？還有棉布上方的不鏽鋼盤？那就是用不鏽鋼盤從門縫送流質食物給他們的有力證據。」

「所以老師當初老師舉飛天夜叉的例子也是……」

郁美忽然明瞭了當初日詩舉那個故事當作例子的意義，原來老師在這麼久前就大概掌握了整起案件……

「沒錯，但當時我還並不確定，直到後來得知副廠長跟廠長一樣有營養不良的狀況，才正式確定我的推論。」

「就算如此，還是不能解釋密室啊！老師說他們被囚禁，但依當時狀況，他們打開鎖走出去不就得了？」

「那是因爲……」

日詩又啜了口咖啡，不疾不徐地說道。

「門閂，他們被門閂困住了，所以就算裡面的鎖打開，他們還是無法出去，他們在反覆的開鎖又關鎖之後，絕望地停下了，而他們停下的刹那剛好是鎖鎖起來的狀態，就只是這樣罷了。事實上對案件而言，所謂的反鎖不具太大意義。」

「門閂？當時現場沒這種東西吧！」

郁美聽到這個詞感到有些咋舌，當初在現場，她不記得有人提過。

「其實是有的，還記得進門時門上的兩個突起環狀物嗎？從這種特殊的設計就可以推測大概有門閂，只不過當時不在現場。」

郁美仔細想了想，當初在進門時也的確對那奇怪的設計感到不解，原來眞相是門閂的扣環……

「那鏟子上的指紋呢？爲什麼會有死者的指紋？」

這點困擾了郁美許久，一陣口乾舌燥，郁美也啜了口咖啡。

「那個鏟子是他們在地底空間想逃出去時共同使用的，因爲被囚禁久了，精神開始焦慮、異常，才異想天開地使用挖土這種成功機率低的方法，算是狗急跳牆吧。」

「所以空間走到底部時的隧道區，就是他們用鏟子敲碎水泥，並持續挖土所造成的坑洞？」

郁美感到驚訝，看來在危急時人真的會發揮潛能啊，那一段地道也算是有一定的距離。

「是的。」

日詩只是輕描淡寫地回道，並輕輕搖了搖杯子，看著杯內晃動的咖啡。

一段時間的沉默，忽然，日詩忽然想起什麼似地抬頭望向郁美。

「妳看過報導了嗎？關於百川有精神疾病的敘述。」

「嗯，但報導並沒有說是哪種精神疾病。」

「是片段失憶。」

百川啜了口咖啡，只見咖啡已見底，他又拿起了熱水壺在杯中注入了一杯，順便將郁美的杯子加滿。

「咦？片段失憶？」

「是的，案件全貌是這樣的，百川在囚禁廠長副廠長數天後，精神因壓力和罪惡感而產生病變，他失去了囚禁廠長與副廠長的相關記憶，而以其他記憶代替那段空缺，於是，當然就不會繼續送流質食物給正副廠長。

如此一來，在囚禁狀況下的廠長和副廠長也因為飢餓與等不到的食物的壓力，使得精神狀況越來越差，最後，副廠長敵不過壓力，終究發瘋了，根據推測，他因為飢餓而打算砍斷廠長的手來食用，他拿著廠長的手踉蹌地退到房間的盡頭，啃食了幾口後，獨自一人躲到地底空間去，這也就解釋了當初令人百思不解的血跡路徑，而廠長也因為對於副廠長的作為憤怒而飽含著怨恨爬到窄門旁，將扣鎖扣起，並將身體壓在上方，以致於副廠長無法離開地底。

於是，精神異常的副廠長只好到他們倆之前曾異想天開想要用鏟子挖出去的隧道盡頭，用手試著挖掘想找出出路，然而最後當然是徒勞無功，結局是完全發瘋的他在隧道盡頭啃食著已經開始腐爛的手，並因爲疾病和虛弱而死亡。

而在這之後，百川因爲潛意識的驅使而到達了倉庫，但在他看到廠長的屍體的同時，失去的記憶因爲震驚而暫時復原，於是他盤算著將門閂丟棄，並將現場布置成有人闖入倉庫殺害廠長的模樣，但因爲門閂實在是重量驚人，只能暫時將之丟在倉庫後方的水溝，正當他打算進行下一步時，卻再次失憶了，印象只停留在目擊屍體的點上，於是想當然爾，正常反應便是趕忙報案了，這些是在我判斷他精神異常之後才利用診療的方式讓他吐露的。」

「原來如此……所以所謂密室就是這種陰錯陽差的結果產生的，而殺人兇手和眞正的兇手竟然不是同一人……」

日詩拿起咖啡一飲而盡，並起身整理起了桌上的卷宗。

「是的，這是由人心、記憶與對案件的誤解所產生的特殊密室，人總是太執著於對案件的既定印象而認爲殺人的必定是兇手，卻忽略了殺人的也可能是被害人。」

「就像在隧道盡頭時，隊長說兇手想挖洞逃出去卻失敗了這句話嗎？」

郁美和日詩相視而笑。

「是啊，人心往往將簡單的事物逼入死胡同。」

「同意！」

郁美怎會忘記，她也曾經幾乎被自己逼入死胡同，是眼前的老師看見她留下的訊息後，立刻用敏捷而精確的推理找到她，並拯救了她。

她從未忘記，她是如何拿著童軍繩，絕望地走到演講庭前的那棵巨木。

她也從未忘記，日詩老師之後是如何細心地鼓勵與開導她，使她忘記曾有的絕望與悲痛。

步行在離開校門的大道上，那棵枯木已逐漸發出綠芽。

「冬天看來要結束了呢……」

郁美暗自呢喃……

（第三屆聯盟徵文參賽作，原發表於二〇一二年）

【作者簡介】

森木森

中正大學推理小說研究社社員，目前就讀政治大學研究所。

遙想當初會接觸推理的原因純粹是因為我對懸疑恐怖類的故事有濃厚的興趣，但畢竟推理跟恐怖小說不同，必須立基於一定程度上的邏輯性上，故難免生澀。這也是我漫長投稿生涯的起步，現在看起來有些難為情，也請大家輕鬆閱讀，並多包涵指正。

【解說】

五分鐘的推理微電影，給不看推理小說的自己一個機會：〈食屍鬼〉解說

丙三

（本文涉及謎底，未讀勿看）

這是一個沒有月亮的夜晚，你在人煙罕至的深山小徑獨自走著。四周及腰的雜草拉扯著你，突然間你一個踉蹌，險些被什麼絆倒，不經意地拿起手電筒一照，竟然是具……屍體！

若當眞碰上這種情節，我想只要是個正常人誰也笑不出來。但天曉得，若是舒舒服服窩在床上，看著推理小說中主角遭遇相同的慘況，卻又是何等的樂趣啊！我想推理小說就是有這樣一股莫名的吸引力，藉由簡單的「屍體」兩個字快速營造出感官刺激和懸疑感，且在這同時爲了尋求一個令人心安的解答，或許就和讀者一樣老是中了推理小說的可惡陷阱，一看就停不下來啦！

目前在國內閱讀推理小說的風氣開始起步，但似乎有部分讀者在選擇時裹足不前，原因是對推理小說的名詞繁多，或解謎過程太過生硬所致。但相信我，如果全天下的推理小說都是這樣，那筆者也將是對推理小說感到絕望的其中一人啊！其實呢，推理小說也可以像〈食屍鬼〉一樣輕輕鬆鬆的，讀者諸君只需要好好地放空腦袋，享受那故事情節氣氛及最後的驚奇結尾，那解謎過程什麼的是偵探的事啦！

但這樣子又讓筆者我合理猜想，你在心裡嚷著「簡直是把我當笨蛋嘛！」好吧，其實呢，這篇〈食屍鬼〉篇幅雖短，推理小說中該出現的要素一個也不少。舉凡偵探、助手、煩人的警長，也不得不提那充滿魔力的兩個字：「密室」！密室所象徵的是一樁最高水準的犯罪傑作，如同魔術般令人難以置信，偏又是

個擺在眼前讓你不得不懾服的事實。在驚嚇完後精彩的來了，來看看作者如何自圓其說：你好樣的一會兒把命案現場搞得這麼離奇，我就等著你自打嘴巴下不了台。霎時間推理小說的格局放大了，也從偵探和兇手擴散到了作者和讀者諸君，好不有趣。

本篇讓筆者覺得較可惜的是，由於最後透露目擊者兼綁匪的百川，其身患的精神疾病乃是破案重點之一，但礙於篇幅作者並未有太多著墨，若能增加些許伏筆，例如，讓百川的內心獨白或證詞有前後不一致之處，或許更可讓讀者有跡可循，增加結尾的可信度。但儘管如此，作者的創造力則從對案情的獨特安排可見一斑：殺人兇手、加害者，與最終「密室」的完成者彼此重疊交錯，共同導向了一個意外的真相，這自然也是推理小說最不可或缺的要素之一。

我相信要平常沒有看推理小說習慣的人踏出第一步不是件容易的事，因此我建議可從短篇推薦起，像是這篇小品〈食屍鬼〉，五分鐘的時間，就像看一場微電影般，跟隨書中文字一起體驗場刺激但安全的推理之旅吧！

【作者簡介】

丙三

北醫推理研究社元老級社員，時常對自身推理作品閱讀量感到心虛不已。現階段的目標是在不造成大家困擾的前提下，持續在歡樂的推理界打滾。

119　食屍鬼

墮天使

森木森

路西法（Lucifer）

於啟示錄中登場，又意味著惡魔，撒旦。

曾經是代表「晨星」，最接近天神的存在，卻率領天使們反叛，成為了「墮落天使」，被天界放逐。

——參考節錄自《幻獸・龍事典》

苑崎透　二〇〇六年七月十四日

Chapter 0

3:20 AM

昏暗的房間中，只有筆記型電腦透出微弱光芒。

窗外此時傳來陣陣犬吠，流浪狗在巷道間互相追逐嘶咬，撞翻了巷口的盆栽。

門吱嘎的一聲打開了，一位身穿樸素睡衣的女孩走進房間，手上拿著玻璃杯，玻璃杯裡頭的水隨著她拉開電腦椅坐下的動作緩緩搖動。

電話忽然響起，女孩看了看來電顯示，皺起眉頭，輕輕滑動觸控螢幕。

「喂。」

「喂，是郁美小姐啊。」

「是的，編輯先生找我有事嗎？」

「嗯……是這樣的，其實您的最新作品——《藍色空間殺人》銷售量不如預期，許多讀者來信到編輯部，明天可否麻煩您來一趟？」

「那……好的，沒問題。」

「好，那麻煩您了，還有啊……」

電話那頭的編輯聲音忽然停頓，似乎在思考著什麼難以啓齒的事，數秒後嘆了口氣，繼續說道。

「您的創作速度似乎越來越慢，我看，明天過來拿完信之後，您放幾天假吧。靈感對作家來說是不可或缺的，而您或許正是需要一些時間做緩衝，希望您的下部作品不會再讓編輯部失望。」

「放假？」

「是的，一個禮拜後再繼續工作吧，我會把交稿時間順延一禮拜，麻煩您妥善運用這些時間。」

「但是……我的新作品只差一些了……」

編輯又嘆了口氣，接著清了清喉嚨。

「好吧，其實講明了，對於您正在著手的最新作，編輯會議的討論結果並不樂觀。簡單地說，對於能否出版，可能還有待商榷。」

聽到這些話，郁美的腦中幾乎瞬間一片空白，重新回神後，她用顫抖的聲音回應。

「原因……是什麼？」

「編輯部認爲您的點子已經不夠創新了，所以才想請您另覓新的點子。」

「是嗎……」

「請您也別太沮喪，畢竟靈感本來就得來不易。」

「是。」

郁美的疲憊交雜著難過情緒在此時湧上眼角，並在聽完編輯最後一句話後瞬間潰堤。

「請您放手一搏，因爲若銷售量又不如預期，這恐怕是您的最後一部作品了。」

電話掛斷。

窗外野狗的聲音不知何時沉寂，寧靜的夜顯得相當寂寥。

郁美趴在筆記型電腦前啜泣著，窗外的月光被黑雲遮蔽。

筆記型電腦因爲過久的閒置陷入休眠，四周陷入一片漆黑……

Chapter 1　取材

郁美走出編輯部，手上拿著一個大型的紙袋，滿滿都是讀者的來信。

頂著正午的豔陽，郁美招攬了一部計程車，回到她所住的公寓門口。

進門時剛好遇見隔壁的房東太太，她似乎正要出門。

「嗳，郁美啊，好久不見，還是一樣美啊！年輕眞好。」

「房東太太，妳也很美啊。」

郁美勉強擠出苦笑，在笑時發現，她的雙眼還有些浮腫，徹夜哭泣的雙眼看來還沒恢復。

房東太太似乎也察覺到了，露出擔憂的神情。

「美是美，但氣色不太好啊，作家辛苦是辛苦，但也要注意身體啊！」

「是的，我會多注意。」

「啊！對了！」

房東太太想起什麼似的忽然瞪大雙眼，接著在塑膠製的手提袋中摸了摸，緩緩拿出一封信。

「因為早上飄雨，所以我就先把它收進來了，這時代越來越少人寄信了，這倒也滿稀奇的。」

郁美看了看信封，不禁感到有些驚訝。

那個令她永生難忘，在她生命中扮演著重要角色的名字，此時，正靜靜躺在信封上。

清秀的字體寫著——日詩。

一進家門，郁美就迫不及待地拆開日詩的來信，一字一句隨著她眼睛的滑動映入眼簾，看著久違的字句，她幾乎屏息。

親愛的郁美：

臨時寄這封信有些冒昧。

要說有什麼大事倒也不是，只是希望能跟妳見個面，雖然知道妳正忙於寫作，但仍希望妳能撥冗前來。

八月二十八日下午一點，我會準時在「MR. COFFE」等妳，不會花妳太多時間。

誠心希望妳能赴約。

日詩

郁美輕輕折起信紙，讀完日詩老師的字跡，她再度熱淚盈眶。

其實，就算沒收到這封信，她也打算在這一個禮拜的假期回到母校拜訪日詩。

她永遠無法忘記，學生時期生性悲觀，差點自我了斷的她，是如何被校園諮詢師日詩所鼓勵，重拾對生命的熱忱。

她更無法忘記，她是如何受到日詩敏銳的推理能力所影響，畢業後，成爲紅極一時的推理小說家。

日詩老師，一位傑出的偵探和心理諮詢師，在她生命裡扮演的角色，恐怕不是三言兩語能形容的。

收起日詩的信紙，郁美直接將讀者來信整袋倒進了垃圾桶，現在的她，看讀者的來信只會使心情更加沉重。

擦乾眼淚後，她深吸了一口氣，拿起桌上的鑰匙，再次離開了家門。

不算短的車程讓郁美整晚沒睡的身體更加疲憊，但想到待會能見到日詩，她的精神稍稍回復了一些。

一直還沒機會去考汽車駕照的她，每次要回到母校都得搭乘大眾交通工具，隨著公車的劇烈晃動，她久坐的臀部感到有些疼痛，這個剎那，她終於開始認眞思考考照的問題。

窗外開始飄起綿綿細雨，霧濛濛的雨絲渲染著夜暮鎮近郊的田野，有種超脫現實的感受。

打在窗上的雨滴隨著公車的快速行駛朝斜上方滑動留下水痕，彷彿某種不存在於這世界的生物在窗上緩慢爬行，令人有種難言的詭異。

看了看手錶上的日期欄位，距離約定的八月二十八日其實還有一天，但郁美實在等不下去了。

「下一站，夜暮鎮總站。」

司機用慵懶的聲音宣布道，這樣微弱的聲音讓郁美懷疑後面的乘客或許根本聽不到，不過其實也罷，畢竟夜暮鎮總站是這條路線的最後一站。

車門吱嘎的打開，郁美起身將公車卡貼上讀卡機發出了制式化的人聲，踏出門的刹那撲鼻而來的雨腥味讓郁美皺了皺眉頭。

撐起小傘，郁美朝著母校的方向前進。

就在沉浸於故鄉的回憶時，忽然一個熟悉的聲音刺入耳膜。

「哎呀！這不是郁美嗎？好久不見。」

抬頭一看，竟是學生時期跟自己熟識的旅店老闆娘。

還記得自己孩提時代常常替母親送東西到旅店，而老闆娘也對從小單親的她照顧有加。

就連在母親出車禍之後，她也不間斷地關心與照料她。

想起那段時光，她仍感到毛骨悚然，身邊唯一一位相依爲命的親人忽然從生命中抽離，給當時的她多大的打擊。忽然的，她又想起了日詩……

「妳在發什麼愣啊？郁美，怎麼會突然跑回來，不是在市區工作嗎？」

郁美回過神，才發現老闆娘一臉疑惑地盯著她。

「哈哈，沒有啦，剛好給自己放個假。老闆娘，這幾天可能要暫時借住在妳那了。」

「好啊好啊！歡迎，剛好我去市場批了一些鮮魚，晚上給妳做鮮魚湯。先去我那兒卸個行李吧，看妳累的。」

郁美想了想，似乎也是。不如先放行李，再去見日詩，不然大包小包的也頗不方便。

「嗯，那麻煩老闆娘了。」

看著老闆娘充滿皺紋卻溫柔的臉，她忽然有股暖意湧上心頭。

夕陽餘暉從晴朗無雲的天空中綻放，儘管炎熱，但卻有種令人讚嘆的美感。在旅店的小單人房卸完行李後，郁美才發現原來剛剛的陣雨僅在近郊落下，市區內完全是乾燥的好天氣。

郁美走入母校大門，一片綠海剛被大雨洗過更使人神清氣爽，看著在葉子上晶瑩剔透的水滴，她更加確信回到夜暮鎮是一個正確的選擇。

社團活動中心的長廊映入眼簾，走過轉角後便是原木地板的個人諮商室。一股濃厚的情感湧上郁美心頭，她現在最需要的就是與日詩老師談一談。

脫掉緊縛雙腳的鞋子，郁美走向走廊盡頭。走廊盡頭的門牌上清楚寫著「諮商師　日詩」。

「打擾了。」

郁美推開了門，迎面而來是熟悉的樟腦味。

低著頭振筆疾書的那張臉緩緩抬起。

「郁美……」

那張臉瘦了不少，甚至變得有些蒼白，但卻還是與往常一般可靠。

「日詩老師……抱歉，打擾了。」

郁美又重複了一次，眼淚與情緒瞬間潰堤。

諮商室又飄起了咖啡香，還記得上次出現這種香味是解決了紡織廠案件時，轉眼也過了一年。

日詩此時並不是擺出招牌的似笑非笑表情，而是一臉凝重。

看著郁美帶來的新稿件，聽著郁美的近況，氣氛幾乎降到冰點。

郁美在一旁又哭紅了雙眼，她在日詩面前終於將她近日累積已久的情緒傾洩而出。

「坦白說，妳的最新作的確無法達到妳之前的水準。我看過妳的《藍色空間殺人》，也是與這部新作有著同樣的問題。但是，沒想到會這麼嚴重啊，無法再出版嗎……」

「我該怎麼辦，老師，我真的無法再想出新點子了嗎？我……真的很害怕，我不想讓一切停下來，我還想創作。」

日詩看著郁美。雙眼凝視中，郁美似乎感學到某種複雜的情感，但卻又說不上來。

數秒後，日詩露出微笑，拍了拍郁美的背。

「別想太多，妳一定可以的。明天好好放鬆一下吧，去吃個飯。」

回到旅社時，已經是深夜了。

郁美在回程的途中一直有種莫名的感受。

彷彿腦袋中意識到哪裡奇怪，卻又說不上來。

「看來我壓力眞的太大了啊……」

說服著自己只是多心，郁美暗自呢喃。

窗外的星空相當燦爛，然而她卻怎樣也睡不著。

翻來覆去數次之後，郁美才終於恍惚地進入夢鄉。

在夢中，她似乎看見了什麼，那是令她不安的黑暗吞噬著她。

然而在清晨驚醒時，只留下滿身冷汗。

腦中一片空白，關於夢境的回憶一點也不剩。

深吸了一口氣，經過簡單的盥洗，她決定到近郊去散散步呼吸新鮮空氣。

清晨的陽光像是金粉般妝點著大地。

行走在田野間，郁美大口地呼吸著新鮮的空氣，清脆的鳥鳴環繞四周，令她神清氣爽。

看著翠綠的田野，遠處的山巒，郁美愉快地哼起歌。

正當興致正高昂時，忽然的，一滴水珠落在臉頰。起初還困惑地伸出手，沒想到伸手的剎那天空竟回應似的降下傾盆大雨。郁美並沒有帶傘，因此只得加快腳步。

「運氣還眞差啊，竟然碰上陣雨。」

郁美暗自呢喃，並覺得有些掃興，決定直接回到旅社。

「MR. COFFE」的斗大招牌掛在市街中反射著陽光閃耀著，市區仍然是晴朗無雲的好天氣，郁美坐在靠窗的座位等帶著日詩的到來。

儘管早上被淋成了落湯雞，卻仍不減她今天愉快的好心情。

還記得在學生時代的她常常與日詩到這間餐廳用餐。

當時同行的還有一位日詩的堂弟——日詠與她同樣是心理系的同學，畢業後大家各奔東西，能夠再次聚首的機會少之又少，難免讓人唏噓。

看著牆角的玫瑰花布置，郁美想起那年的生日，她在那裡吹熄蠟燭，接受大家的祝福。

又看見窗台的盆景，彷彿回到學生時期的歡樂時光，時間在這裡就像凍結一般不會流動。

正當郁美沉浸於回憶之中，只見日詩快速走進店門。

一臉疑惑地看著日詩凝重的臉，郁美不由得緊張問道。

「發生了什麼事嗎？」

「看看這個。」

日詩喘息著拿出手機，上面是簡訊的對話欄位。

寄件者是日詩的工讀生阿肋，郁美對她有些許印象，上次紡織廠事件，曾有過一面之緣。

因爲距離有點遠，郁美將臉稍微貼近之後，終於看清楚了螢幕上那令人驚愕的兩個字。

「救我！」

「現在立刻出發吧，阿肋的房子我雖然沒去過，但我大概知道地點。希望不要出什麼事才好。」

「嗯嗯！快走吧！」

拿起椅背上的薄外套，郁美隨著日詩快步離開店門。

Chapter 2　別墅

夜暮鎮近郊的那棟別墅令郁美咋舌。

看起來豪華雄偉的建築周圍圍繞著高度甚高的不鏽鋼柵欄，甚至還有後院和前院，完全不像夜暮鎮會出現的建築。

「這裡是阿肋自己住的嗎？」

「是的，他說過他父母是富豪，但是早逝。他幾乎沒有任何親戚，所以理所當然地繼承了財產。」

郁美在此時忽然對阿肋產生同病相憐的感受，原來他也是孤兒。心中對阿肋的擔憂也逐漸加深。

關起車門後，日詩與郁美快步走向阿肋的房屋。

「門是鎖上的……」

日詩望向郁美。

「難不成是他受傷……」

「嗯，郁美，妳稍微退後一點。」

只見日詩退後了幾步，接著用腳奮力踹向大門，門咖的一聲敞開。

房屋內的擺設映入眼簾，牆壁上的歐式吊鐘、鹿頭標本、高級的絨毛地毯、牛皮沙發，完全是電影中才會出現的歐風豪華擺設。

但此時，兩人卻沒有餘心欣賞這樣華美的建築裝潢。

「我先看看客廳，郁美，妳到其他房間去看看阿肋在不在吧。」

「好。」

郁美快步走向通往後走廊的玄關。

進入玄關後，左手邊是廚房，右手邊是兩扇房門。

郁美率先走入了廚房。

「阿肋！」

聲音在空蕩的廚房中迴盪，一塵不染的廚房感覺沒有使用過的痕跡，只有垃圾桶中看起來像剛吃完不久的速食麵包裝和流理台旁看起來像剛洗好的筷子。

確定沒有阿肋的蹤跡後，郁美快步離開廚房，前往右手邊的兩個房間。

握上第一個房間的木製門把，郁美感到心跳不自覺加速。

門的後方，會是什麼？

會是阿肋昏厥在地板上，抑或是她小說中時常描述的情節，鮮血淋漓的阿肋倒臥在血泊中？

一股莫名的沉重壓力就像潛伏在暗處的惡魔般吞噬著她的內心。

深吸了一口氣，她轉動了門把。

門發出吱嘎的悶響露出細縫，那股莫名的情緒也在此時提升到極致。內心的恐懼令她全身顫抖，彷彿數千萬隻蠕蟲在身上爬行般令她毛骨悚然。

門刷的一聲敞開。

然而，門後什麼都沒有。

馬賽克式落地窗透入的光線讓室內異常的明亮，房內混亂的擺設一覽無遺。地上放著老舊的精裝書和梯子一類的工具，看起來像是儲藏室。

窗外的鳥鳴透過窗子傳入室內。

如此平靜祥和的景象彷彿諷刺著郁美的多心。

郁美鬆了一口氣的走向隔壁房間。

「阿肋！」

又一次打開門，這間房的格局跟隔壁一樣有一個馬賽克式的落地窗，然而卻是空房，只有角落放著一個像衣櫥一般大的櫥櫃。

「也許是因爲阿肋一個人也用不著這麼多的房間，所以才會空著。」

郁美暗自思忖道。

又大聲呼喊了幾次，確定空無一人，也沒有回應後，郁美離開房間走向走廊的盡頭。那是通往二樓的木製樓梯。

隨著她的腳步，厚實的木質樓梯發出叩叩叩的清脆聲響。

二樓的玄關映入眼簾，走廊盡頭共有五個房間。

郁美快步走向第一間房間。

打開房門，彈簧床上滿滿的小說和牆壁上掛的海報吸引了郁美的目光。

近看才發現彈簧床上放著的小說竟是她歷年來的作品，另外更令人驚訝的是幾乎每本都簽上了她的大名。

「對了，那一次……」

其中幾本郁美記得是在紡織廠事件前替阿肋簽上的，但大部分看來都是阿肋自己用盡各種方式取得的。

郁美感到一陣莫名的感動，原來阿肋眞的是她的死忠書迷。

牆上的海報也透露了他對郁美小說的熱愛，因爲那是她出道作——《幽靈密室》的小說限量海報。

一股情緒再度湧現，郁美誠心地祈禱阿肋能夠平安，希望這一切只是虛驚一場。

然而正當她想再次叫喚阿肋的姓名時，卻發現阿肋的書桌上擺著一本筆記本，上方寫著她的筆名——AS，儘管了解時間緊迫，郁美仍好奇地拿起筆記本翻了翻。

日記的內容滿滿的都是阿肋對郁美作品的厚愛，無非是感想或簽書會、見面會的記錄，然而最後一頁的一段文字卻讓郁美感動之餘，卻毛骨悚然。

「只要能讓AS更好，就算犧牲生命也在所不辭，用我的鮮血來灌溉她的文字……」

這段文字清楚的表明阿肋並不只是熱愛她的作品，甚至已經到了瘋狂的地步……

正當郁美沉浸在思緒中時，樓下卻傳來了日詩的吼叫。

那是郁美從未聽過的音調，飽含著不可置信和壓抑的難過。

「郁美！」

郁美瞬間有股不祥的預感。

她狂奔下木製樓梯，在一半時甚至踩空，差點摔下樓，但她已不在乎這麼多。

此時的她只是不停祈禱，一切不是她所預期的景象。

然而，眼前的現實卻讓她倒抽了一口氣。

在剛剛那間空房內，出現了阿肋的屍體。

「這怎麼可能……」

「郁美，立刻報警。」

日詩滿臉震驚地望向郁美……

大門喀的一聲打開，步入客廳的是數位員警。

其中的一位卻令郁美驚訝不已。

「日詠！」

「好久不見，郁美。堂哥已經全部跟我說了，很驚訝竟會在這種狀況跟妳重逢。」

日詠——日詩的堂弟，也曾經就讀於夜暮大學，與郁美算是相當熟悉，沒想到畢業後竟成爲警察隊長，眞的是令郁美始料未及。

「雖然很想跟妳敘敘舊，但現在恐怕不是好時間啊。」

日詠示意後方的警察跟上他的腳步，並對郁美與日詩點點頭，一同走進命案現場。

雖然很不願意相信現實，但眼前確實躺著阿肋的屍體。

明顯的，阿肋的死因是因爲插在他胸口的那把匕首。

近看後才發現，阿肋的衣物幾乎全部被鮮血染紅，特別是棉褲上有大片血跡，地面上同樣血跡斑斑，然而擴散的面積卻不大。

除了屍體和血跡外，房間依然與剛剛進門查看時一樣空空如也，讓人摸不著頭緒。

「郁美！」

站在落地窗邊的日詩呼喚郁美的姓名，使她從一片空白的思緒中回過神。

「妳說，當妳進到房間的時候並沒看到這具屍體……」

「沒錯。」

郁美腦中一片混亂，至今她仍有種不眞實感，彷彿眼前一切從未發生。這種感覺，也曾在母親離開時出現過。

日詩緊盯著她的雙眼，接著皺起眉頭。

「那麼，這是一個密室。」

「什麼？」

郁美一臉驚愕。

「因爲妳看見了吧，窗戶是鎖上的，隔壁的落地窗我也檢查過了。況且，就算是從落地窗出去，也不可能離開這麼高的柵欄。而妳在這間房間搜索完，走到二樓的這段時間，我在客廳，所以他也不可能從客廳出去……」

「日詩，照你的話都搜查過了。房間裡沒有躲任何人，也沒任何發現。」

日詠不知何時出現在身邊。

「謝謝你。」

日詩望向郁美，表情瞬間似乎有股難言的情緒，但卻一閃即逝。

「看來這個案件不簡單啊。」

日詩向郁美呢喃。

「嗯……」

郁美在此時也開始思考了起來，依照日詩老師的說法，那麼兇手根本是完成了不可能的犯罪，要在這麼短的時間不著痕跡地離開房子又殺掉阿肋，幾乎是超過了常理所能判斷。

只見日詩緩緩走向阿肋的屍體，蹲下身子細端詳。

「如果說是在我們來之前就殺掉阿肋的話，也無法解釋門上鎖的問題，因爲阿肋大門的鎖，是要靠鑰匙才能鎖上的。我剛剛檢查過客廳了，鑰匙在抽屜裡並未消失。」

「原來日詩老師當時在客廳便謹慎地檢查，早就注意到這點了……」

郁美再次嘆服於日詩的推理能力。

但是，知道這些卻只是更將事件推向死胡同。郁美皺起眉頭，她第一次對案情如此沒有頭緒。

日詩不知何時已站起身，一臉平靜。

「各位警察，麻煩搜查一下櫃內是否有足以盛裝這麼大屍體的黑色塑膠袋，儘快。」

警察隊員們疑惑地看了日詠一眼，只見他抬起下巴示意他們照做。

其中一位警員緩緩地走向櫥櫃，翻找起裡面的物品。

他將物品一一丟向地板，最後拿出了一個黑色塑膠袋。

「報告長官，找到了一個黑色塑膠袋。」

「把它交給日詩吧。」

警員聽命將塑膠袋交至日詩手中，日詩點頭道謝。

「郁美，妳對這個塑膠袋有什麼看法嗎？」

日詩面露淺淺一笑。

「嗯……看起來像是普通的塑膠袋。」

郁美仔細端詳，一時間並未發現任何異狀。

只見日詩將垃圾袋取回，並撐開往下倒。

「喀啦！」

一台手機重重掉落地面，隨之而來的是鮮紅的血液流洩而出。

郁美、日詠、一旁待命的警察都瞪大了雙眼。

「重要證物！快將它保存好。」

日詠對帶來的員警厲聲說道，並示意他們將之收入拉鏈袋中。

「這……到底是怎麼一回事……」

郁美腦中再次陷入一片混亂。

「就如眼前所見。」

日詩眼中透露出了某些情緒，看似有些銳利，卻又隱含著悲傷。

「剛剛我觀察阿肋的屍體後，發現兩點令我不解的地方：

一、是手機，今天中午我查看手機時，發現阿肋的求救訊息是清晨發的，這恐怕是他死前的求救訊息。這麼說來，手機應該在屍體身邊，但剛剛請日詠和警方翻遍各處卻沒看見手機，這是第一點疑問。

二、阿肋身上的血跡分布很怪，照理說，依他這麼平躺，正面應該不會有這麼多血跡才對，特別是褲子的大量血跡更讓人不解。於是我合理地推測他因為某些原因將腳拱起來。那麼，他為什麼將腳拱起呢？」

日詩將塑膠袋拉開，令人訝異的這個塑膠袋竟比想像中大上許多，剛剛因為被隨意揉爛，所以沒有發現……

「難道……」

郁美呢喃著，腦中出現了一個畫面。

「沒錯，他之所以腳會拱起，並非他自己自願的，而是為了『節省空間』。」

日詩淡淡地說道。

「難道他被裝在那個袋子裡……」

日詠直接道出了令大家屏息的真相，四周的氣氛降至冰點。

「沒錯，至於原因……」

日詩苦笑，郁美從來沒見過老師做出那種表情，彷彿有著深刻的不情願與無奈。

郁美有預感，這次的真相恐怕不單純。

「原因就回到原點了，剛剛說過，現場的狀況幾乎是無懈可擊。入門時門反鎖、郁美到二樓前沒見到屍體、我事發當時在客廳、落地窗亦是由內而外反鎖，要在這種狀況下殺人，並不著痕跡的離開只有一種可能。」

日詩嚴峻的視線掃向在場的每個人，並冰冷地說道。

「殺人的不是人類。」

一片沉寂，所有人皆抱著緊張的情緒，壓力席捲了在場每個人的神經。

郁美了解，當日詩老師做出這種假設時，通常已經代表他掌握了整起事件的真相。

但是她卻有種說不上來的怪異感，就像她當晚離開諮商室回到旅社時一樣。

「究竟怎麼回事？」

郁美自問。

但還未等她想出答案，日詩便開口。

「但是殺人的是非人類這一點在推理中必須先排除，那麼真相就只能指向一點了。」

日詩緩緩的走向落地窗看向窗外，似乎若有所思。

「兇手之所以要將阿肋盛裝在黑色塑膠袋中的目的，是害怕血液流出來，方便他行事。」

「方便行事？」

日詠露出困惑的表情。

「是的，他將被害人殺掉後，放置在塑膠袋中，本來打算找時間棄屍，卻出現了一些意外，使他不得不出此下策，製造這個完美密室。」

日詩的眼神掃向郁美，接著又轉回落地窗。

「請您看看這個吧，日詠警官。」

日詩將手上的塑膠袋交給日詠，日詠趕忙接過。

「奇怪……上面竟然有沙？」

「是的。」

日詩轉回正面，凝重地望向在場的所有人。

「袋子之所以有沙，是因爲曾在沙地上拖行。之所以會在地上拖行，是因爲兇手力氣不夠。」

「難道……兇手是女人？」

郁美細語呢喃。

「是啊，郁美。妳猜到了嗎？」

日詩望向郁美，雙眼再次透露出一種令人難以理解的情緒。

「到底是什麼？」

郁美感覺到整起事件只差一個關鍵，但自己就是無法拼湊出輪廓。

日詩老師的情緒、不可能的密室、看不見的屍體……

眞相，到底是什麼？

只見日詩緩緩閉上眼，輕輕地說道。

「根本就沒有什麼完美密室，兇手也沒有離開房間。」

在場的所有人皆發出驚嘆，郁美更是震驚。

「沒有離開房間……這句話的意思是？」

還沒等郁美思緒平復，日詩便繼續說道。

「眞相是，兇手到這個房間，將屍體從落地窗外拖行到房間正中央，並倒出屍體。一切就緒之後，把落地窗關起、上鎖，營造出密室的模樣，然而卻忽然發現重要的手機沒有順著屍體滑出，正當打算將手機順勢倒出時，遠方我的腳步聲使她無法再繼續動作，硬是將塑膠袋藏到櫃子裡，假裝若無其事地跑到二樓。」

「等等……這個情節……」

郁美忽然感到莫名的不安。日詩張開眼，靜靜地看著她。

「兇手自始至終沒有離開，運用著偵探對她的信任將案情玩弄於股掌間，只可惜百密一疏。」

日詩停頓了一會，視線移開郁美的雙眼，並再次緩緩走向落地窗。

四周只剩下窗外的鳥鳴蟬聲，所有人皆不發一語，等待著日詩道出眞相。

終於，在數分鐘後，日詩用沙啞的聲音說出令所有人難以置信的事實。

「兇手不就是妳嗎？郁美。」

郁美的腦中一片空白。

「兇手……是我？」

員警幾乎要蜂擁而上，然而日詠打了手勢要他們稍待。

「妳有什麼要解釋的嗎？郁美，任何事，妳的動機、妳的想法。」

日詠盯著郁美，露出嚴厲卻悲憫的神情。

「一定有什麼誤會了！」

「我也希望是誤會，然而所有的證據都指向眞相。」

日詩望向郁美，輕輕地說道。

郁美從未看過日詩的這種表情，是讓人心寒的苦楚和悲痛。

在這個剎那，連郁美都開始懷疑一切是她所爲了。

難道是她因爲壓力而認不清現實？

難道她這幾天所見的都是虛幻？

如果並非如此，那，眞相又是什麼呢？

正如日詩所言，所有客觀條件都指出兇手難以離開密室。那麼，殺人的必定是還在這裡的人了。

而還在這裡的，只有她和日詩……

忽然之間，這幾天來的違和感和說不上來的情緒湧上心頭，並在腦中激出漣漪。

「不可能的……」

郁美跑向塑膠袋仔細端詳，似乎有員警要上前制止但卻被日詠擋下，日詠向他們搖搖頭。

「不對！」

郁美在腦中思忖，她瞬間明白了一切，這幾天來的不安到底是爲什麼，這一切到底是哪裡出了錯。

她又跑向一位員警，搶過她手上包著手機的夾鍊袋，不顧血跡地將它打開，並用鼻子嗅了嗅。

那個味道，令她毛骨悚然。

郁美緩緩抬起頭，望向日詩。

「我可以看看他們家的鑰匙嗎？你說在客廳的鑰匙。」

日詩悲傷地望向郁美，並輕聲說道。

「隨我來吧。」

他們在櫥櫃上拿到了鑰匙，令人不解的是，郁美再次看也不看地將鼻子靠近嗅了嗅。

接著，她留下了眼淚。

「肯面對眞相了嗎？郁美。」

一旁的日詠冷冷地說道。

「是的，但是我寧願承認剛剛的眞相。」

「這是什麼意思？」

「這幾天來，我一直覺得很奇怪。」

郁美將視線轉向日詩，並繼續說道。

「我有種說不上來的感覺，現在才發現，原來是日詩老師的表情。」

「我的表情？」

日詩疑惑地望向郁美。

「是的，日詩老師在那天晚上，我離開諮商室時，露出了我從沒看過的表情。在調查這次案件時也是，有許多表情都不是我與日詩老師相處的這麼長時間中看過的。」

「妳想表達什麼？」

「讓我說完！」

郁美對一旁打斷她的日詠大吼，此刻的情緒已無法抑制。

「不管什麼時候，包括調查案件時，日詩老師過去最常出現的表情就是像勝券在握一般，似笑非笑的可靠表情。而在事件即將解決時，他更會露出一種特別令人安心的微笑，但這次卻完全沒有。」

「我的表情又能代表什麼?」

日詩淡淡地說道，眼神中仍是濃厚的悲傷。

「不能代表什麼，只是這不像我所認識的日詩老師。」

郁美無法忍住的淚水順著臉頰滑落，晶瑩的淚珠滴落地面。

「爲什麼要做這種事，日詩老師?」

「什麼?」

一旁的日詠瞪大雙眼，露出不可置信的表情望向日詩。

「妳想脫罪嗎?郁美，妳的情緒已經不穩定了。」

日詩淡淡地說道。

「不對!我也希望是我胡思亂想，但是眞相就擺在眼前。今天清晨，郊區下了雨，日詩老師知道嗎?」

「什麼?」

日詩的雙眼似乎有些動搖。

「最近這裡的氣候狀況很怪，雨區都是一片一片的，特別是郊區容易下雨。我是今天出來散步才發現的，也就是說……」

郁美快步走回命案現場的房間，打開鎖，拉開落地窗。

一片深黑色的濕土映入眼簾。

「窗外的土地是濕的，因爲土不容易乾，那麼垃圾袋上的土爲什麼是乾的呢?日詩老師?爲什麼?你回答啊!」

郁美衝向日詩，拉起他的西裝領子用力前後搖晃著。然而日詩望著她止不住的眼淚只是默不作聲。

一旁的員警拉開郁美，卻被她推開。

她離開了日詩老師，望向窗外，肩膀仍因哭泣而顫抖著。

「日詩老師，你爲了營造出你對推理的篤定而沒打開落地窗，是最大的失策……」

深吸了一口氣，郁美再次轉回面對所有人，包括日詩。

四周又陷入一片沉寂，直到日詠忍不住開口。

「那……郁美，妳聞那些物件的用意是？」

「是氣味。」

郁美閉上雙眼答道，眼淚仍然無法停止。

「氣味？」

「是的，是樟腦的氣味。」

「樟腦！」

日詠瞪大雙眼望向日詩，接著跑向手機，打開夾鏈袋嗅了嗅。

接著，他喪氣地垂下肩膀。

「的確沒錯……雖然很淡，但卻有樟腦味。」

「日詩老師熱愛這種味道，諮商是滿滿都是濃厚的樟腦味。因此就算只放一個晚上，多少都會染上。鑰匙也有這種味道。然而，現在是暑假，阿肋已經有一個禮拜沒去工讀，不可能會有樟腦味。」

郁美張開眼望向日詩，雙眼通紅。

「簡訊日詩老師說是清晨傳的，但是清晨有下雨，袋子上卻是乾土。依據日詩老師的推理，那是死前簡訊，這樣的論點不攻自破。」

郁美頓了頓，哽咽地繼續說道。

「那麼眞相又是如何呢？要如何才能是不沾到雨水的乾土？其實很簡單，昨晚郊區沒下雨，所以日詩老師其實是昨晚將阿肋殺掉，拖行到室內，再搬進櫃子中。至於求救簡訊和反鎖的門，都是日詩將兩樣物品帶走後自導自演的。他在離開門時，順勢把門上鎖，更在清晨時給自己傳了一封簡訊。與我共同到達屋子後，再將兩樣物品分別放到櫃子上和袋子中，達成他的完美密室。」

郁美低著頭啜泣著，日詩表情則出奇的沉靜。

「你還有什麼話好說的嗎？日詩？」

日詠望向日詩，顯得有些無力。

「沒有。」

日詩簡潔地答道。

四周的員警在此時蜂擁而上，將日詩銬上手銬，混亂之中，郁美對日詩大吼。

「你到底爲什麼要這麼做！日詩老師！」

隨著員警們緩步離開大門的日詩，並未回頭，只是淡淡地答道。

「殺人並不需要任何理由。」

看著員警們的遠離，郁美跪在地上情緒幾乎潰堤，日詠拍了拍她的肩。

此時的郁美忽然感覺，一切都像做夢般不眞實。

就像母親離開她時一般……

Chapter 3　終

郁美恍惚地走出公寓，事件過後，轉眼已經過一個月。

距離交稿的時間只剩下僅僅一個禮拜了，但她卻隻字未書。

現在的她並沒有心情去完成任何事。

房東太太也不下十次地問發生了什麼事，她都不願據實以告，久而久之房東太太見到她也只能擔憂地搖搖頭。

日詩老師——如此傑出的偵探、心理諮詢師竟是兇手，她始終無法相信。

現在她唯一能做的，就是吃飯睡覺，繼續過著像行屍走肉般的生活，麻痺她清楚的感官與意識。

她多麼希望，一覺醒來一切就只是夢。

過於沉浸於恍惚的思緒中，低頭準備走出公寓大門的郁美不小心撞上了一個人。

「呃……抱歉……」

緩緩抬起頭想道歉了事，這時才發現眼前是張熟悉的臉。

「日詠？」

「郁美，真巧，我是來找妳的。」

那張與日詩同樣有著白皙皮膚的臉，讓郁美有種日詩就站在眼前的錯覺。

然而細看後發現與日詩不同的是多了幾分稚氣，此外眼神中的銳利與堅毅頗有警察隊長的威嚴。

「妳憔悴許多啊，方便找隱匿的地方說說話嗎？妳急著出去？」

「關於日詩？」

日詠臉色哀悽地點點頭。

「那好吧，到我家來。」

郁美冷冷地別過頭，並逕自走向了她所住的公寓方向，日詠只得趕忙跟上。

「招待不周。」

郁美進門後直接坐在木製地板上，並示意日詠坐在對面。

家裡過久沒有打掃顯得頗混亂，但是郁美根本不以為意。

一切對她來說都已不再重要……

日詠輕輕地坐下，接著將目光移到正面與郁美對上。

一陣尷尬的沉默旋繞四周，日詠似乎有什麼話要說卻又欲言又止。

最後，像下定決心似的，他緩緩開口。

「日詩死了。」

一陣靜默。

接著，郁美大笑出聲。

「哈哈哈哈哈哈，您還眞幽默啊，警察隊長先生，今天是什麼日子嗎？」

郁美誇張地看著手錶上的日期欄，並又回望一臉嚴肅的日詠，繼續大笑出聲。

「其實這件事的眞相……」

日詠從西裝外套中拿出一張折得整齊的紙，小心地將它攤開，並不理會郁美發狂的大笑。

他明白郁美與日詩間深厚的情感，因此他不願多說什麼，只能讓她自己接受。

郁美的笑聲停止了，取代而之的是晶瑩的淚珠滑落臉龐，因爲她知道日詠沒有必要對她開玩笑。

「那張紙是什麼？遺書？」

「不，是遺言。日詩並不是自殺，是死於癌症。」

「什麼？」

郁美難以置信地望向日詠，只見日詠將那張紙緩緩地遞給她。

親愛的郁美：

看到這封信時，我恐怕已經不在人世了吧。

其實當時請妳來跟我敘敘舊，本是打算要告訴妳：我生病的事實的，然而聽到妳的瓶頸之後，我改變了想法。

既然我只能再活幾天，何不用這些時間盡力幫妳？

於是我找來了阿肋和日詠，很慶幸的，他們都樂意為此次案件獻身。

特別感謝阿肋，自願當死者是需要多大的勇氣，他死前曾說過，能給妳靈感、他死一百次都願意，幾乎使我熱淚盈眶，此外，他堅持要把名下所有的財產給妳，支持妳的寫作事業，現在已全數轉入妳的帳戶。

也感謝日詠，他是預備來提示妳和萬一妳無法推理出真相時的緩衝人選。

不過，說了這麼多，妳果然沒讓我失望啊，郁美。

我給妳留下的一切線索，推理中的矛盾都被妳一個不漏的一一破解。如此一來，我和阿肋的死也就沒有遺憾了。

這就是你的最新作，偵探竟是兇手的故事。

希望妳未來一切順遂。

日詩

看著日詠離開的背影，站在公寓門口的郁美竟有些不知所措。

天使為何會墮落？

這個月以來她百思不解的問題忽然豁然開朗，但真相的明朗卻使她難以招架。

再一次的，郁美熱淚盈眶……

（第三屆聯盟徵文參賽作，原發表於二〇一二年）

【作者簡介】

森木森

中正大學推理小說研究社社員，目前就讀政治大學研究所。

〈食屍鬼〉構思在高中，正式完成約在大一上，前前後後花了約莫一週，〈墮天使〉則是在第三屆台灣校際推理社團聯盟徵文獎截稿前三天完成的。兩部作品想挑戰的都是偵探小說的「刻板鐵則」：偵探、助手、兇手、被害人。那麼，如此鐵則是否是牢不可破的呢？如果將其界線模糊，又會是什麼樣子呢？依循著這種概念，這兩篇以AS、日詩為主軸的推理劇就誕生了，希望大家會喜歡。

【解說】

〈墮天使〉解說

周小亂

（本文涉及謎底，未讀勿看）

本篇小說敘述遇到瓶頸的推理小說家郁美爲了尋找靈感，而應學生時代認識的校園諮詢師——日詩老師的邀約，回母校相聚，卻發生密室殺人案件，甚至自己還被信賴的日詩老師認爲是兇手，最後憑藉自己的推理能力找出眞兇，然而事情的眞相竟然是自己最信賴的老師爲了激發自己的創作靈感，而夥同助手阿肋及堂弟日詠所設計的偵探及兇手的詭計。

作者以郁美爲第一人稱的方式，描寫出郁美的精神是多麼地不穩定，可惜文中對於郁美和阿肋的接觸太少，當日詩老師指控郁美是兇手時，難以讓讀者感到認同，反而因爲前文提到，郁美對於阿肋家的奢華感到如此地訝異，明顯是第一次到他家，而讓人第一時間覺得郁美不是兇手，加上缺乏郁美便是眞兇的直接證據，導致讀者對於郁美便是兇手的認同度不高。

於是大家便期待郁美將如何證明自己的清白呢？此時，帶出了日詩老師出場時便鋪陳的線索——氣味，或許氣味不是個明確的物證，但卻是難以否認、解釋的關鍵，這也是將兇手指向日詩老師的主要線索。最後，當日詠說出日詩老師和阿肋爲了幫助郁美而設下這場謀殺案時，或許不只郁美，相信誰都難以接受這個以生命作爲獻禮的「善意」吧。

作者一層一層地布下線索，鋪陳出整篇故事，展現出清晰的邏輯推演能力，最後以氣味這常讓人忽略，卻又讓人無法否認的線索讓主角得以找出眞兇，兼具公平性及推理性；動機方面，以生命奉獻或許讓人感到難以接受，但文中也一再敘述阿肋對於主角郁美是多麼狂熱，也是前後呼應了獻身的動機，相信作者持續累積創作經驗的話，將能帶來更多、更精彩的作品給讀者欣賞。

【作者簡介】

周小亂

曾就讀中正大學及中山大學，對於推理小說從不挑食，只希望從中獲取一份感動，喜歡從友人的聊天中，決定下本涉獵的對象；對橫溝正史、京極夏彥、伊坂幸太郎、勞倫斯・卜洛克和約翰・狄克森・卡爾的作品毫無抵抗力，但有時會消化不良就是了。

藝術在命案之前

楚然、華而綺麗、Jimmy

「喂喂喂，你有沒有聽說粉樂町的藝術品的事情？」

「當然啊，好像全部都被噴漆給亂塗鴉一番哩。」

政大的學生們，一早就對校內四處大型裝置藝術——也就是粉樂町被不明人士以噴漆塗鴉過的事件議論紛紛。

上午八點，阿推走出莊四宿舍大門，從側門進入政大。他耳聞了這些消息，不禁有點擔心。畢竟他的朋友學文也有製作粉樂町的藝術品，而他今天就是爲了來欣賞學文的藝術品，才會這麼早就出門。

正當他在擔心的時候，發現車道與人行道上有不少清潔工人在收拾著什麼垃圾，經過時還聽見他們嘴裡在叨唸著：「誰這麼無聊，到處把傳單亂撒啊。」

阿推本想直接走過，穿過操場與體育館之後沿著山道向上直達藝文中心——那是學文的展示品放置的地方。然而他還是好奇地撿起了一張清潔工人漏掉的傳單。

「政大的裝置藝術根本是對藝術的褻瀆，不配稱爲藝術！」

傳單上面印著這大大的幾個字，除此之外就沒有其他的訊息，附近的學生似乎還談論到，昨晚開始貓空行館與PTT上各大BBS板也充斥著抨擊政大裝置藝術的文章。阿推將傳單遞給了清潔工人後，不自覺地加快了腳步。

抵達了藝文中心，他毫不猶豫地下到二樓的藝術創作中心入口。由於藝文中心位於政大半山腰，地點較偏僻，來這裡看展覽的學生也相當稀少。學文是數位藝術創作學程的學生，創作自然而然也擺放在這裡。阿推推開了玻璃門。學文的藝術品大剌剌地吊在房間中央——那是一件竹編吊燈，裡頭安置了橘黃色的光源，從空隙之間滲出的光線讓整個房間呈現日落時分的感覺。

阿推看看其他的展覽品，那是別的學生製作的。以厚紙板為主題的展覽，紙板構成的假山、瀑布與花圃，再加上昏暗色光線塡滿了空氣，使阿推宛若置身於黃昏的日式庭園之中。

正當他想放下心來，卻在繞到藝術品背面時，下意識地握緊了拳頭。

這一面的藝術品竟被紅色噴漆給整個噴灑過，面積相當大，從軌跡來看像是隨意塗鴉——就跟他從其他學生口中聽見的描述一模一樣。他同時還注意到，似乎是因爲吸收了水分，紙板有些塌陷，不只這樣，沒被噴到的厚紙板也有外力破壞的痕跡。

阿推心想，學文昨天半夜四點才疲憊地回到宿舍，聽他說晚上和朋友打球時撞到頭，在朋友家包紮了一下才會拖到這麼晚回來。現在人應該還在呼呼大睡，雖然學文的作品安然無恙，要是看見藝術品被糟蹋，不知道會從何感想。

藝術品被破壞成這樣，也讓他覺得十分掃興，索性決定不再欣賞下去，阿推離開了藝文中心。走在路上，校園到處可以聽到學生在討論著噴漆事件。

「欸欸，超誇張的，學校到處都被噴漆了，眞不知道是誰這麼討厭這些展覽品，雖然這些藝術我也看不是很懂就是了。」

「昨天我還在藝文中心聽到有人在角落吵架，好像是在吵藝術相關的話題，眞是無聊，這也能吵。」

「對啊對啊，不過有些作品眞的不錯還被噴漆，眞是讓人火大，不知道學校什麼時候才會找到犯人。」

「說到這個，剛剛我看到一堆人聚集在河堤附近，不知道跟噴漆事件有沒有什麼關係。」

「唉呀，關我們什麼事，期中報告都快做不完了，還是回宿舍做報告吧。」

校園裡被破壞的展覽品也逐漸被校方撤下收集起來，阿推心想不知道這些藝術品會有什麼下場，被回收或丟掉嗎？

＋＋

阿推回到宿舍，打算在中午之前趕完今天的報告。

學文還在宿舍，正坐在書桌前把玩他之前展覽過的模型作品，上色的方式以噴漆的形式，顏色相當鮮豔。或許是粉末有點脫落，只見他還正用噴漆罐仔細地修補剝落的地方。

阿推把報告趕完後，對學文攀談起來。他提到了噴漆事件，並表達了對於藝術品被破壞的不滿，以及所幸學文的作品依然完臻的意見。學文轉過頭，鼻子貼著繃帶，鼻音有些重，「阿推謝謝你，只有你才懂我的藝術的價值。不像那個破壞狂，竟然不把別人的心血當一回事，就這麼狠心地破壞。」

「學文，你覺得這件事是誰幹的？」

「嗯……我覺得應該是校外人士幹的。」

「喔？怎麼說？」

「如果是校內人士所為，那就不需要在ＰＴＴ上提到政大，而應該是『我們學校』。再加上這些藝術裝置已經擺放在校內很久，是之前應邀才運到其他地方展出，大概是那時候看過的人做的。」

「是喔……為什麼要在政大做這種事呢？」

學文聳聳肩。「犯人跟藝術家一樣吧，思緒都是異於常人，搞不好他已經忍了很久，終於受不了才犯下這案子。」

「先不管這個了，倒是你的傷有沒有比較好一點了？身體受傷容易缺水分，記得多喝水呀。欸，你平常用的保溫瓶哩？就是那個造型像飛彈一樣的。」

「保溫瓶喔？昨晚急著去處理傷口，應該是忘在籃球場吧，等一下我再去找找看好了。」

「啊，學文對不起，我待會要上課，還要跟禮子會合，先走了。」阿推看了手機，發現不知不覺已經超過時間便慌張說道。

中午下課後，禮子把阿推抓到走廊一隅，狠狠地臭罵一頓。

「你這個小廢渣！你差點害我們沒辦法報告耶！都是你啦，這麼晚才來，是從餿水桶溺水回來嗎？」

「沒辦法啊，學文昨天這麼晚回來，做室友的應該要關心啊。」阿推把學文的經過說了一遍。「而且誰知道宿舍的紙會被用光啊。」

「既然你室友有事，那算了。」禮子聽到無可奈何地搔搔頭。

他覺得很委屈，原本想說趕在第三節上課前完成了報告，卻因為宿舍印表機的紙張短缺，使他只好連忙跑到了附近的影印店列印資料。等到抵達教室時，第三節課已經過了一半。好在最後有報告完畢。

「等等，你剛剛說宿舍印表機沒紙了？」

「是啊，所以我才會跑到影印店去印報告，怎麼了嗎？」

「難怪他們都沒提到那件事情。」

「他們？」

「你這個小廢渣！我看當花朵的肥料都太便宜你了吧。」禮子兩手一攤，那接近無奈的表情就好像在說：我是在跟一個笨蛋說話嗎？「我當然是在說影印店的老闆啊。」

可惜阿推似乎還是沒跟上禮子的節奏，「影印店的老闆？怎麼了嗎？」

「吼唷——跟你解釋清楚，我的壽命會減少個三十年吧！我早上拿到那些傳單時，就覺得紙張的觸感很薄很熟悉，是用很便宜的Ａ４紙印的，之前好像在哪家影印店看過，上課前順路就去問了一下。」

「哇，好厲害，禮子妳已經開始追查亂貼傳單的犯人了喔？妳怎麼知道是在學校附近印的？」

「就說跟你解釋你會聽不懂吧？我昨天晚上離開學校前，都沒看到傳單，可是早上一來學校就看到到處都是，連宿舍都被貼了，能在一個晚上就完成這些事情的，除了對政大校園很熟悉的學生之外，還會有誰？更何況粉樂町展覽又不是這幾天才開始的，要貼傳單早就行動了！」

見禮子一臉不耐煩地嘟起了嘴，阿推也不好意思繼續踩禮子的地雷。只是他沒想到禮子竟然著手調查了這件事情。也罷，爲了緩和氣氛，他決定轉移話題。

「學文昨天晚上打球還受傷呢，早上才很累地回宿舍，他最近眞是很衰。」

「我就不懂你們男生，打球有辦法打一個晚上喔。晚上明明是睡美容覺的最好時光，竟然拿去打球。」

「可能睡同學家吧，不過宿舍也沒有很遠呀。」

本來想說些輕鬆的事情，不知道爲什麼卻還是提起了噴漆事件和學文的事情。不過大致上都是經由阿推的口中得知學文這個人的事情。他們其實沒有見過幾次面。或許會聊起他來，只是因爲除了禮子外，阿推比較要好的朋友只有學文吧。

「對了，你剛才說他最近很衰，難道還有發生什麼不好的事情？該不會是他的藝術品也被——」

至少禮子是知道學文有在從事藝文創作。

阿推聳肩，「是沒有，不幸中的大幸。他的作品附近的那些厚紙板裝飾都因爲噴漆的關係，吸水變形了。那樣根本就不能繼續展覽了嘛。惡作劇的人會不會太過分啊，他眞的這麼討厭粉樂町嗎？」

阿推想起了早上看見的傳單內容。

「我看你還是回到蚯蚓鬆過的土壤裡當作三年——不，一年的養分好了，我親愛的小廢渣。噴漆怎麼可能讓紙板變形呀，噴漆的成分摻有固態的粉，水分不夠多的話根本就不會滲透到紙裡啊。等等，你說那些紙板變形了？很嚴重嗎，不然怎麼看得出來？」

「是啊，那座庭園應該是毀了吧。可是，如果不是噴漆的話，那爲什麼紙板會變形呢……那個人到底爲什麼要這麼做呢？」

禮子並沒有回答阿推的疑問，似乎在思索著什麼事情。每當禮子陷入這種表情的時候，阿推就會閉上嘴巴，靜靜地在一旁看著禮子。

「走！我們馬上去藝文中心！」禮子說完就拉著阿推的手，也不等上山的公車，就直接往山上的藝文中心的方向跑，禮子平常不太運動，沒想到跑得比阿推還快，到達藝文中心時，阿推已經氣喘吁吁了。

「請問，那些被破壞的藝術品都放在哪呢？」禮子向藝文中心的職員詢問。

「大部分都集中在一起，看之後展覽的單位會怎麼處理，怎麼了嗎？」隨即指了指放在辦公室角落的藝術品。

「那……有多少的藝術品被破壞了？我是說，除了噴漆之外，有沒有外觀上的損壞。」

「妳說破壞嗎？目前看來，都只是外觀被噴漆而已，啊……好像只有藝中的幾件藝術品有被破壞到。」

「我們可以看一下嗎？裡面好像有幾件是我們朋友的作品。」

「是可以啦，不過小心一點，不要再弄壞藝術品。」

禮子向職員道謝後，特別檢查了一下吸水變形的藝術品，還把鼻子湊上去聞了一下。阿推想問禮子究竟在做什麼，禮子揮手示意兩人出去再說，於是阿推和禮子一起走到藝文中心門外。

「果然是這樣……」

「果然是怎樣？」阿推覺得禮子好像知道了什麼。

「小廢渣，你還不懂嗎？這麼多的藝術品爲什麼只有藝中的藝術品外觀被破壞了，而其他的藝術品都只是噴漆，而且那個變形的藝術品……」

這時阿推口袋突然震動起來，阿推嘖了一聲，拿出了手機——是父親打來的。他稍微離開了禮子，並將頭湊到電話一旁。

「爸，怎麼了？」

「阿推啊，你知不知道，你們學校有人墜河欸。我的同事正在那邊處理，好像是在政大河堤，你在學校要小心……」

「什麼？河堤！」

阿推不禁喊出聲，但他馬上就後悔了。這個舉動引起了禮子的注意，她踱步過來，在阿推仍然呆滯的時候，一把搶走了電話。

「喂喂喂，是阿推爸爸嗎？我是禮子。對對對……墜河地點是不是在……」禮子接著問了阿推父親幾個問題。

阿推的父親是警察，就在政大附近的派出所上班。禮子從電話中得知，有一名外校的學生似乎墜河身亡，屍體在河岸邊被發現，頭部有受到數次撞擊的傷痕。該名學生也有參加政大的藝術品展覽，昨天下午到政大想看看自己的作品，晚上卻一直沒有回家，就在剛剛才確認他就是墜河的學生。

「阿推，我眞希望墜河的人是你，這樣河堤邊的蘆葦就會因爲你的養分而成長得更茁壯。」掛掉電話，在將手機還給阿推的同時，禮子冷不防地放了幾支冷箭。「我知道整件事情的原因了。」

阿推一臉驚訝地說：「所……所以河堤到底發生了什麼事情？對了，妳剛剛幹嘛突然搶走我的電話啊。」

禮子不理會阿推，自顧自地拿起手機撥出電話。「學文嗎？我是禮子，我跟阿推在藝文中心看你的展覽作品，可是好奇怪唷，雖然不太明顯，不過好像有一個小邊角竟然沾了血跡耶，你要不要來藝文中心看看？」電話的另一頭學文似乎很緊張，一直大喊不可能。

幾分鐘之後，就看到學文氣喘吁吁地跑到藝文中心，看到阿推和禮子就問，「不可能有血跡的，你們不要開玩笑了，一定是看錯。」說著便想要去找他的藝術品。

「不用找了，現在都收到辦公室裡，而且……我們是騙你的啦。」

「幹嘛要騙我，你們很無聊耶！」學文大概是剛跑步上來，呼吸相當急促，臉上也都是汗水。

「我跟阿推剛好聊到噴漆事件，拿你開個玩笑嘛。我們剛剛在看你的藝術品，不過好奇怪，為什麼犯人只有破壞數位藝術創作中心的紙製庭園，唯獨你的作品完好無缺呀？」

學文苦笑。「大概是因爲掛在空中的關係才躲過一劫吧，雖然很多人認爲我的作品曲高和寡，但對我來說很重要。幸好犯人沒有動手。不知道是因爲我的作品太沒有價值而不值得動手，還是犯人欣賞我的作品，我還眞希望是後者。」

「我聽阿推說，你認爲是校外的人幹的？如果是校外的人，他又怎麼會知道創意中心這麼偏僻的地方？怎麼會有時間貼傳單，甚至貼在宿舍裡？」

「那個展覽也有到校外展出過。」學文聳聳肩。「有校外人士參觀很奇怪嗎？」

「很奇怪。因爲做案範圍遍及全校，如果是校外人士能知道這麼清楚？而且藝文中心很早就關門，是不可能闖入的。因此從做案時間來判斷，犯人應該是先從創作中心下手。不過他這麼計畫精細，知道要從藝文中心開始，卻偏偏放過了你的作品？可見他很清楚你的作品的價值嘛。」

禮子停頓了一下。「因此，犯人應該是校內的人。除此之外我也有打聽到，紙山除了被噴漆破壞，還有外力壓迫過的跡象，全校展覽品裡，只有紙山的外觀被破壞，你說犯人爲什麼要這麼做呢？」

見學文沒有回答，禮子又以那副不屑的神情說下去。「紙山上的凹陷是犯人在某種原因下造成的，而且從液體跟噴漆的粉末位置來看，液體是先於粉末潑灑到紙山上的。可見犯人在噴漆之前，那裡一定發生過什麼事情——我大膽猜測，那灘液體其實就是血吧。」

學文仍然沒有說話。這時阿推才一臉驚訝，意識到問題的嚴重性。「所……所以到底發生什麼事了？」

「那灘廚餘桶裡的小廢渣給我閉嘴！乖乖聽本小姐的推理，你才有重回大自然循環的一天。」

推理？果然發生什麼事情了。阿推心想，不過那跟大自然的循環有什麼關係？

禮子面帶微笑，那表情卻讓阿推有點害怕。「剛才我聽到一個消息，河邊有一具屍體。剛才阿推有說，紙製庭園的某處紙山有被液體浸泡過，又被紅色的噴漆破壞。你不覺得很奇怪嗎？」

「有什麼好奇怪的？」

「學文，不知道你清不清楚，十一點多時在學校河堤發現一具墜河的屍體。他的頭部被數次重擊，但身上其他部位卻沒有同等嚴重的撞傷。有可能這麼巧合嗎？而且體內與肺部的積水是在死後才滲入的。可見死者不是因爲跳水身亡，河岸也不是第一現場。」禮子像是要把故事說完一樣加快了速度。「數位藝術創作中心才是第一現場，兇手和死者打鬥後，在那裡留下了血跡，所以才需要噴漆掩蓋。」

「打鬥？」阿推仔細回想進到創作中心時的景象，在被壓壞的紙山附近，擺設確實有種散亂的感覺。

「妳告訴我這些做什麼？」

禮子問：「我聽說你昨天很晚回來？而且還受傷了哦？」沒過多久就收起了笑容，禮子嘟起了嘴，顯示出她的不耐。

阿推仍然不知道發生什麼事情，只覺得兩人正在交鋒。學文就好像是隱瞞了什麼事情一樣，所以禮子才會不太高興吧。

學文臉沉了下來。「妳到底想說什麼？」

「沒什麼，我只是很好奇。你身上的傷眞的是打球造成的嗎？」

「當然。」

禮子伸出了食指。「那你右手手臂上的指甲抓傷又是哪來的？」

學文一臉驚訝，下意識遮住右手。隨即發現自己中計，他的手上根本沒有傷口。禮子看了之後笑了笑：「果然露餡了。我看你該和阿推組成肥料二人組了。」

又扯到我？阿推覺得莫名其妙。但更讓他在意的是，他已經知道禮子想說的是什麼，這讓他不寒而慄。難以置信，畢竟學文是他的朋友。

只聽見學文改口。「其實是我跟隊友起衝突，爲了不讓阿推擔心，才會撒了小謊。」

禮子搖搖頭，「犯人是爲了掩飾創作中心的案發現場，才趁一個晚上把其他藝術品用噴漆破壞。之所以從創作中心開始，正是因爲犯人是在那做案的。而且我聽說今天早上有傳單散落在學校各處，在有人的時候是不可能這麼做而不被發現的。再加上網路上的批評言論也是在深夜PO的。阿推，你最後一次看到學文是哪時？」

「應該是六點上完課後，然後他說想看自己的作品。」

禮子點點頭，「所以你之後就去藝中了，那之後你就去哪了？我想你應該是今天一大早才處理屍體才對。藝中七點就關閉了，這讓你無法立刻處理屍體。也因爲當時藝文中心裡頭沒人，屍體才會剛剛才被發現。」

學文又沉默下來，禮子便自顧自地繼續說：「我知道你最近在修改作品，有在用噴漆罐，我懷疑你的紅色噴漆罐的顏色和藝術品上的噴漆顏色一樣，你的噴漆罐可以借我看一下嗎？」

「噴漆罐剛好用完丟掉了。」只是那聲音在阿推耳裡聽起來，似乎有點有氣無力。

「那無所謂。重點是凶器，我在現場沒看見可以重擊的鈍器。而且依照噴漆罐的重量也不會是凶器。

應該是犯人隨身攜帶的東西才是凶器。你隨身攜帶的保溫瓶可以借我看嗎？」

「可是禮子，如果他犯案的話，不會把凶器帶在身上啊！」阿推突然插話。

「我看你還是趕快投胎到豬的腸子裡好了啊！小小廢渣，我這樣問就是想試探看看，如果他拿出來就沒有問題，如果他說不見了，那就很有問題了。」

見學文一動也不動，阿推乖乖走過去看學文的書包，仔細看了一會，「沒有保溫瓶耶，你不是說要去籃球場拿你的保溫瓶嗎？」阿推還沒回過神，被學文粗暴地推了一把，後者轉身要跑。

「阿推你不要裝手殘了，快點制伏他！」

經過一番掙扎，學文被制伏了。阿推雖然好像常搞不清楚狀況，但總在需要動手的時候，特別派得上用場。禮子也才會這麼大膽地在兇手面前放話。

禮子看著一臉苦惱的學文：「事實上我之所以知道兇手是用保溫瓶做案，是因為警方在屍體不遠處的河邊發現了凹陷的保溫瓶，那應該是你在做案當晚丟下去的吧。除了保溫瓶之外，傳單也是你致命的缺陷。所有影印店都沒有你影印過的印象，再加上你住的宿舍的影印機紙張大量缺少，顯然你是在那裡印傳單的。而且我敢打賭你不會帶著手套發傳單，所以上面一定留有指紋。待會我們會收集傳單，如果你想用自己也拿過幾張傳單當作辯解，可能要考慮一下。畢竟如果太多傳單上有你的指紋，那絕對就是你發的。」

禮子順手拿出放在書包裡，用塑膠袋包起來的數張傳單。

「所以你的動機是什麼？」不知為何，禮子總算收起了不耐。也換了另一種比較柔軟的語氣，有種鬆了一口氣的感覺。

學文嗚咽起來。「都是因為那傢伙批評我的藝術，而且差點要拆了我的作品，所以……」

「學文，你知道犯人之所以沒有破壞你的作品是為什麼嗎？」禮子走向學文，她的表情相當溫柔，跟平常的樣子完全不同。

「不知道……」學文重新抬頭，他看見禮子正對他微笑。「妳不是知道兇手嗎？」

「我是知道，而且等等警方也會知道。但我想說的是，那是因為這世界上，至少有一個人知道你藝術品的價值，那就夠了。」

這句異常溫柔的話，深深地刻進了學文的心裡。他終於不再否認，並因為自己的過錯放聲大哭。

（第三屆聯盟徵文參賽作，原發表於二〇一二年）

【作者簡介】

楚然

曾為政大推研社長，目前就讀台灣大學台灣文學研究所。

華而綺麗
政治大學日文系畢，目前就讀北海道大學，研究推理小說。

Jimmy
中正推研、台大推研社員，喜歡閱讀日本推理小說，期望以後忙碌之餘，仍然有閒情逸致讀幾本推理小說。

【解說】

女偵探大活躍：讀〈藝術在命案之前〉

呂仁

台灣推理創作史上，最知名的女偵探之一，應該是蔡一靜筆下的「國中教師蔡一靜探案」與「私家偵探葉玲探案」了，她們共有十篇探案故事。除此之外，台灣的女偵探似乎不多見，就算有出場，也是多為曇花一現，沒有持續下去的力道。因此這篇〈藝術在命案之前〉中出現了禮子這位學生女偵探，實在讓我振奮。

故事以政大校園中的大型裝置藝術遭噴漆塗鴉開場，加上網路上有文章抨擊該裝置藝術、校園中也有惡意文宣到處張貼，乍看之下是一樁無謀殺的校園推理。但在一名外校學生在學校附近河邊疑似墜河身亡後，案情急轉直下。裝置藝術遭到破壞與外校學生命案有無關連？

讀完小說後可以發現，這是兇手故布疑陣，以另造謎團掩蓋真相的手法，兇手以紅色噴漆掩飾血跡，目的在於混淆案發的第一現場，沒想到偵探（禮子）透過助手（阿推）之眼的轉述，就明白了紅色噴漆只是表面手法，因為被噴漆噴到的紙板，不會出現吸水變形的狀況，勢必有外力破壞，由此犯人逐漸現形，這可謂是本作中最亮眼的推理，讀推理小說長知識又一樁。網路上的詆毀、惡意傳單的散發，都是為了混淆命案而存在，作者精心安排這個裝置藝術破壞案煞有其事，也讓讀者離真相越來越遠。

解謎的不滿足之處大概就是這一定是有限範圍內相關人員幹的，因此少了犯人的意外性，但在文長僅七千字的迷你短篇來說，或許也只能這麼處理了。

我非常期待禮子這位學生女偵探後續的活躍，她的聰慧與毒舌應該可以在台灣女偵探上占有一席之地吧！

【作者簡介】

呂仁

推理迷，一九七八年生，曾為暨南大學推理同好會與中正大學推理小說研究社創社社員，現隱姓埋名於楊梅壢老人坑，著有短篇推理小說集《桐花祭》。部落格：《呂仁茶社話推理》lueren.pixnet.net/

聞臭師

廖和明、葉荒

小紅一進到家門後，立刻用力地把門關起，鞋子亂脫，再走進了自己的房間。她的房間並不大，房租卻不便宜，當初考慮到離工作地點近，所以才勉強租下來的。而如今這個誘因已經不存在——小紅失業了。

「從明天起又要想該如何找工作了呢。」

商科畢業成績只有普通的她，不奢望有什麼飛黃騰達的成就，但至少有個與她能力相符的待遇，之前的工作就很符合她的期待。結果這一切都斷送於她對老闆的提醒。小紅認爲她並沒有錯，她不過就是如實地對老闆提出她所認爲正確的建言罷了。

小紅打開窗戶，立刻聽到隔壁一間鐵板燒店傳來了店員很有活力的「歡迎光臨」。她再循著那道聲音望去，就會看到鐵板燒店熙熙攘攘的人潮，這也象徵著這家鐵板燒店的生意有多麼好了。

想到這一點，小紅不由得嫉妒起來。「不過是家鐵板燒店而已……」

突然，她微微地皺眉，像是看到了什麼不乾淨的東西似的。

「……」

「怎麼還沒改善啊……」

不知道什麼緣故，小紅自小就覺得自己的嗅覺要比一般人還要靈敏許多。爲此還常常被其他同學用異樣的眼光來看待。

「哼，把自己的快樂建築在別人的痛苦上，你以爲我沒有發現嗎？賺錢賺得這麼開心，怎麼就沒有想到自己已經影響到別人了？」

小紅拿起了電話，準備去檢舉，她可是很有行動力的。「喂喂，請問是×××議員服務處嗎？我想檢舉一件事情……沒錯沒錯，就是隔壁的鐵板燒店不斷地傳出異味來……我已經檢舉過好多次了，怎麼還沒有改善，你們是怎麼做事的啊！」

檢舉完後，小紅的心情也跟著舒坦起來。這麼想來……會去提醒上司也是因爲她從她的上司身上聞到「怪味」。而她也不過是提醒一下而已，就被上司找了各種理由來爲難她。

＋＋

電話聲響起，驚醒了下午三時議員辦公室中每個昏昏欲睡的助理。隨後聽到阿佑放下話筒的聲音。我回頭問：「這次又是哪個民眾來陳情？指控警察執法不當？還是教師嚴懲不當？」擔任市議員助理，其中一項業務就是接民眾陳情電話，裡頭不乏莫名其妙的申訴電話，每天接個三通五通實在讓人煩不勝煩。

「又是上次失業小姐投訴隔壁的鐵板燒傳出異味那樁。」阿佑說。

阿佑是我的同事，大學剛畢業的她，在學長的介紹下莫名其妙地進入了辦公室。爲什麼沒有拒絕？根據她自己的說法，既然畢業也不知道要做什麼，這個工作也還過得去，薪水工時都沒問題，爲什麼不留？

緊鄰住宅區的知名鐵板燒店，結合了傳統鐵板燒及無菜單食材；一時受到部落客及新聞媒體的關注，吸引了大批的民眾嘗鮮。然而，前陣子有位年輕小姐打電話到市議員辦公室陳情，表示該鐵板燒店經常排放油煙，而且是帶有刺激性異味的油煙。隨後我們委託環保局派人前去偵測，但機械無法鑑定出有超出標準的異樣氣味。換句話說，依法無法要求該店改善。問題在於那位小姐，不給她一個滿意的答覆，也就是逼店家改善，她是不會善罷干休的。

「根本就是小姐太敏感了嘛！一定是失業的壓力讓她想找東西洩憤……」阿佑嘟著嘴，「但也不可能就這樣跟她講……只是妳多心了……」

「嗯……不然請聞臭師出馬如何？」我如此提議。

「聞臭師？聽起來像是什麼風水師還是陰陽師的，就像警察辦案遇到困難時，會向靈媒詢問哪裡可以找到屍體的那種嗎？」

「七十三分。只有解決疑難雜症的部分命中目標。當現有的技術儀器未必能做出令人滿意的鑑定時，會請一組的鑑定員以鼻子作爲工具，判定空氣是否有異味。基本上就是這樣子的工作。」看著眼睛睜老大的阿佑，我這樣說著。

「是像**葛奴乙**那樣的人嗎？」

竟然拿了冷門的小說主角作比喻。

「就有著超群的嗅覺而言，是的。但他們對於少女的氣味可沒有超群的偏執。對於他們劈頭就說你從雲林斗六來，或是聞到你的費洛蒙，所以覺察到你現在很緊張或興奮之類的，也不要抱太多期待會比較好噢。」

「這也滿奇怪的，臭味這種東西不是極爲主觀的嗎？像是有些人可能喜歡棉被帶有沐浴乳味道及些微汗味，有些人則會說那是**臭棉被**。別的不說，台灣人喜歡吃的臭豆腐，外國人可是避之唯恐不及。說起來氣味這種東西，一方面帶有文化性，另一方面也涉及了大量的個人經驗吧！」

「**臭**，不過是約定成俗的用法。也許較科學的字眼應該用**帶有刺激性**。矛盾的是，雖然確實有些氣味帶有刺激性，甚至可能對人體有害，但因爲每個人的感受程度不一，可能導致實質有害物質瀰漫在大家身邊卻沒有人驚覺的狀況。因此需要請專業的聞臭師出馬，判斷刺激性物質是否存在。」

「總覺得哪裡不對，就連科學儀器都無法作爲標準時，竟然要回歸異事奇人的主觀來做判斷。這樣不會過於專斷嗎？」阿佑問。

「爲了避免妳所謂的獨裁情況，這裡有個本質上很像陪審團制的民主設計。通常在判定時以三人一組，每個人會拿到三個塑膠袋，分別裝一袋檢體樣本及兩袋的純淨空氣。當三人中有兩人都正確地找出檢體時，便可以判定該檢體是帶有刺激性的。」

「**《關鍵報告》**？」

「八十九分。異士奇人間的多數決確實很接近*Minority Report*。」

「但那部電影著眼的批判點在於這項系統喪失其準確性時造成的傷害啊，誠如你說的，不對那間店施予制裁，那位小姐是不會就這樣放棄的。既然那間鐵板燒本身已經通過儀器偵測，不就表示他們符合法規標準嗎？有必要另外找一套標準，做出另一套未必更準確的判斷嗎？」

「重點還是得回到氣味的特性來討論。說起來人類是很仰賴視覺的動物，因此嗅覺器官並非特別發達的器官。但不可否認的是某些氣味是人類無法覺察，卻會帶來傷害……妳就把這當作是在機場擔任毒品搜查官的**狗兒**吧！」

「眞沒禮貌呢。」

「總之先預約聞臭師吧。」

「嗯。」

「嗯。」

事情就這麼決定了。

＋ ＋

地點是捷運站旁的星巴克。一般而言，只要電話聯繫就好了，出於我倆的好奇心，我們約了嗅覺判定員，俗稱的聞臭師，在環保署附近見個面。因爲是非上班時間，所以我就隨便穿個T恤休閒褲，阿佑則穿著平時上班從來都沒穿過的裙子。目測約五十歲，端著太妃核果拿鐵的老先生，就是傳聞中的聞臭師，看起來像是一般的企業員工。

對於嗅覺特別敏銳的人，他們所知覺的世界應該跟我所知覺的世界有所不同吧。對他們而言，可能這個世界更爲豐富，但也可能因爲剩餘的感受能力無法與身邊的人共享而感到孤獨。舉個例子來講，現在在這個空間中，構築成我的嗅覺世界的，是這間咖啡廳空間內部獨特的氣味，以及身邊阿佑洗髮廳的味道；但對於聞臭師而言呢？會不會殘留在餐具上的清潔劑、光鮮亮麗地板殘餘的漂白水、黏在人們衣物上些微的汗絲酸味，是他的世界的組成成分？活在那樣充滿雜訊的世界也許很辛苦吧！我心裡如此想。甚至就像是某些作品中，看得到鬼魂的小孩怕被人當作怪人，只好假裝看不見那些怪東西。說不定聞臭師也得僞裝成「正常人」，才能平凡地過日子。

「在議員身邊工作，應該很有趣吧？要不要經常交際應酬？」打斷了我的胡思亂想，老先生笑著問候我們兩位，感覺是位和善的人。

「基本上我們擔任的是文書相關的工作，應酬方面的工作就比較少接觸。」我看了阿佑一眼，回答道。話題很快地就帶到了聞臭師這行上面。

「有很多人以爲我們全部都是先天的奇人。其實不全然這樣，專業的聞臭師當中，有分成兩種。一種是像我這樣先天的嗅覺特別靈敏，但我們只會**分辨**而已，從好幾袋正常的氣味中挑出帶有刺激性的；另外一種則是後天訓練型，透過大量比較各種不同氣味，逐漸熟悉特殊敏感的氣味，便容易對該氣味產生反應。也因此後者比較受限於他所建立的嗅覺資料庫，一般而言，後者比較是特殊任務取向的，例如專門搜查大麻的聞臭師。在鑑定過程中，天才型與訓練型這兩種類型缺一不可，可惜的是，近年來天才型聞臭師補充得越來越少，現在只剩下高雄那邊還有我在工作了。我啊，再過幾個月也打算退休了，到時還得麻煩高雄的劉公支援一下北部這邊的案件呢。」

也就是說，即使感受到特殊氣味，卻無法爲其命名或以手指去比。只知道那邊確實存在某種不同的氣味嗎？實在很是虛無飄渺啊……**徐四金**筆下透過大量文字與名字去闡述的氣味巴黎，仍無法精確地描述這些人的世界嗎？我想那更像是沒有名字的一團混沌，想到這邊就覺得很孤寂。因爲這樣，所以才萌生退意嗎？偷瞄了一眼阿佑，有點心不在焉的她，也許是想著跟我一樣的事情吧？

「那麼，回去之後，我會再把店家的地址給您，再麻煩您派員前往搜集空氣樣本。」我對老先生說，並留下議員辦公室的聯絡方式，希望他稍後將報告寄到辦公室。

＋＋

過幾天，警衛打電話請我到樓下收發室簽收包裹，撕開發現是聞臭師的鑑定報告。

「阿佑！鑑定報告到了喔！」推開辦公室的門，我對著她喊。

阿佑推開椅子，起身。卻一臉老大不開心的樣子。「雖然老先生是好人沒錯啦！但如果真的報告結果出來表示異味，我還是覺得有點彆扭。這種感覺很像美國以儲存不存在的大規模毀滅性武器爲名攻打伊拉克一樣唉。」

鑑定報告卻讓我們兩個都大吃一驚。

「……爰建議……限期改善社區防火巷……工程。」

「什麼意思？關社區都更什麼關係？」阿佑問。

老聞臭師那些話迴響在我耳際：「……天才型與訓練型缺一不可……天才型聞臭師只負責辨別，而資料庫則是訓練型的工作……」我輕聲笑了出來。

阿佑嘟著嘴問：「別自顧自地在那邊傻笑啊！到底是怎麼回事呢？」

「我們原先以爲聞臭師像是法官那樣只負責判決有罪或無罪，但這種做法不過是把問題丟給店家。已經符合法規標準的他們當然無從再做出像樣的改善。因此聞臭師也提供了方便的解答。以這次的例子來講，問題不單純出在油煙排氣上，而是在於高濃度的油煙排氣因爲在密閉的防火巷中無法排出，至於測量儀器是在排氣孔端取樣，所取得的樣本濃度自然不同於排放到防火巷後的濃度了。像老先生那種天才型的聞臭師，確實辨識出異樣刺激性氣味；而他的訓練型聞臭師同事，則發現這種氣味濃度明顯地高於其他從油煙管所排出的。因此他們判斷：只要改善防火巷的通風，問題就可以迎刃而解。」

「希望這問題是可以因此就解決啦，雖然我覺得那位小姐眞正的問題，根本就是因爲找不到工作才來打電話抱怨而已。」

「並不能這麼說，既然她的意見是對的而且又這麼堅持，說不定她的嗅覺眞的有比一般人還敏銳……等等，既然她的嗅覺這麼敏銳的話，不如就介紹她『聞臭師』這份工作吧。天生的聞臭師不是現在已經越來越少了嗎？這份工作想必適合她才是。」

「眞是好主意，下次她再打電話來的話，就這麼告訴她吧。」

＋　＋

小紅走在回家的路上，她今天看起來特別地愉快。原來自己異於常人的地方並非缺陷，而是能對人們有貢獻的一件事情。

她在一次又一次的檢舉過程中，後來對方（議員服務處的員工）才告訴她有「嗅覺判定員」，俗稱「聞臭師」這樣的職業。起先小紅還不相信，以爲對方是在開玩笑，不過她還是當作受騙心態上網搜尋了一下相關新聞，這個時候她才算是對「聞臭師」有個初步的認識，像是成爲聞臭師的工作、成爲聞臭師的條件等等。

儀器一般都只能測量出單一氣體的濃度、綜合性異味就沒轍了。因此有些時候會有這種情形，有人反映出某地區有臭味排放，但是儀器測量的結果卻是有害氣體未超標。在科學無法鑑定的部分能只能依靠最原始的方式，用人的嗅覺來辨識，來判定臭味是否超標。這對小紅來說無疑是最適合她的職業，小紅決定不如就去嘗試看看吧，也許當個聞臭師會意外地有趣。

聞臭師也並非這麼容易就能錄取，它的條件也相當地嚴苛。像是年齡就要求在十八歲至四十五歲之間，不可以吸煙、喝酒，也不能塗化妝品。嗅覺器官不能有疾病，亦要通過嗅覺檢測等等。之後還要經過培訓，保證要能分辨出花香、汗臭、甜鍋巴香氣味、成熟水果香和糞臭這五種單一氣體，然後才能實際上陣。

聞臭師的工作範圍除了可以對工廠、企業等等這種比較廣泛的地區作鑑定，也有像是對公廁、河道、餐飲單位這種比較特定的地區進行鑑定。當上了聞臭師之後也並非就不需要努力，更應該要保養自己的鼻子。像是在出任務前不能抽煙，也要注意自己身上不能沾染到一絲異味。若是不小心感冒了，就得暫時離開崗位，尤其他的同事代替你的工作。

後來小紅就去應徵了嗅覺判定員，歷經一番千辛萬苦終於當上了。小紅又有了一份正當的工作。

在她就要走到家時，看著隔壁那間依然熱鬧的鐵板燒店，此時正傳出了陣陣的烤肉香味。小紅想著那在高溫的鐵板上，加入了植物油，把龍蝦、大蝦、鮑魚等海鮮，及牛、雞肉等肉類，還有蕈類或豆腐等材料放在鐵板燒上燒至適當熱度，並以適量鹽、胡椒及酒調味。有的餐廳會有提供如金針菇或剝皮辣椒牛肉卷等食法。不少日式鐵板燒菜單也包括炒飯或炒麵……

若說鐵板燒有什麼特點的話，就是廚師與客人可以進行交流。能讓客人在進餐的同時也享受到廚師廚藝的一種餐飲方式，從前菜到主食，所有的菜色，自始至終都由同一位廚師為您完成，在完成的同時以精美的排列方式呈現在你眼前。

以往只覺得是異味的味道，如今聞來卻令人食慾大增，思索「到底是什麼緣故呢」的小紅下了決定……

「好吧，今天就去吃鐵板燒！」

（第三屆聯盟徵文參賽作，原發表於二〇一二年）

【作者簡介】

廖和明

自作主張把中正推研社辦打造成有被窩暖爐跟椪柑的溫馨空間，卻發現在靠近北回歸線地區這無異自虐行徑。

一旦肚子餓就會心情不好，卻一年四季處於飢餓的狀態。希望成為的動物是阿米巴原蟲。一直在考慮躲到高緯地區看天空。

葉荒

中正大學推理小說研究社第六屆社員，歡迎加入推理小說研究社。

【解說】

八十九分。很溫馨的小品！

vence

一九七五年十二月份*TV Guide*雜誌，曾刊登署名Rand Lee讀者文章，他記敘著記憶中有段時間父親每週固定收看某個偵探節目，觀賞之餘，並不時勤作筆記，節目結束後便拿著筆記回書房做研究，然後就如往常般打電話給遠在紐約的表哥，一聊就占線許久（他總是抱怨電話被占住無法使用）。那年的偵探節目，是他第一次了解自己父親是如何靠咬筆維生，爾後幾年間，他意外發現他父親和表叔的偵探小說竟被翻譯多國語言。當年根據小說改編的偵探劇正是*The Adventures of Ellery Queen*，而他的父親和表叔分別就是曼佛雷德・李（Manfred Lee）和佛德列克・丹奈（Frederic Dannay），他們共同創造創作出和拍檔作者同名的偵探艾勒里・昆恩。

因爲先收到稍比大綱多的草稿，而後才收到潤稿後的完整版，所以意外得知此篇作品是由兩個人前後協力完成，這很難不讓我想到艾勒里・昆恩的合作搭檔。據說當初創作〈聞臭師〉期間，作者之一的廖和明正在服役，而校際徵文獎報名截止在即，只能趁休假期間及使用陽春手機透過簡訊和葉荒聯絡，將創作完成。這類似情況讓我聯想到前述的艾勒里・昆恩合作範例。相較只能電話的費時合作方式，科技發達的今日，E-MAIL、線上即時通、視訊都讓合作更方便，更能激出火花，很樂見兩位可以繼續合作下去。

再者，我得老實說，在我第二次收到增訂後的作品且閱畢後，其實滿驚喜的。一個簡單的日常之謎，再輔以人物、情節故事包裝，就成就了一篇好看的日常生活之謎的短篇推理。我意外見到作者將骨骼（謎團）賦予血肉（故事）的過程，真的就像將平淡無奇的素材燒出一盤好菜。

如果硬要雞蛋裡挑骨頭的話，就是謎團不夠明確，可以花些篇幅加強。另外，老師傅與阿佑、我那段談話除外，和案情無關的聞臭師工作內容著墨過多。不過，也許是我判斷錯誤，有可能作者想以聞臭師作為系列偵探，發表一系列以「氣味」為主題的短篇集，假使如此，我會非常期待喔！

【作者簡介】

vence

有幸曾為埔里暨南大學推理同好會的催生貢獻一份心力，卻有些遺憾無法躬逢其盛。如今社團、出版百花齊放，本以為自己會是一輩子的古典派、本格魂，後來才發現自己竟如此醉心於馬羅等硬漢。雖然喜歡的作家私探很多，但只衷心盼望能在二〇一七年看到更多呂仁的「達霖／月理」探案（他們倆還真是絕配！）

對不死者的復仇

葉荒

一

我還是背叛了朋友，因爲我有就算要背叛朋友也要去做的事情。

雖然難以相信，不過我是個不死人。

不死人的研究是我跟費洛共同主持的，這研究在現在已經不會被認爲不可能的了。事實上現在的技術已經有辦法做到讓人類延長年輕階段的時間，在路上往往可以看到明明已經是個四十至八十歲的人了，但是不僅是在外表上還是二、三十歲，就連肉體實際上也還是保持在同樣的歲數。不過就算到了這種地步，依然離「不死」還有段距離。關於不死的研究一直沒有在世界上公開，理由雖然是冠冕堂皇的倫理因素，不過大家都知道背後不過是宗教因素在作祟。因此在極少數沒有屈於宗教淫威的地方，不死的研究還是零星地存在著。我們也打算直到成果出來爲止都一直保密著。

那段時間眞是令人懷念啊，我跟費洛兩人圍著一隻老鼠，思考著要如何虐殺牠，並聚精會神地觀賞記錄著，從旁人眼光看來想必是非常詭異吧。

我跟費洛不只是研究上的夥伴，平時也是無所不談的好友。我還記得費洛曾經帶我去他孫女的生日宴會。他很喜歡炫耀他的孫女，一天到晚對我說：「看她小小年紀就能解出這樣的題目，以後的成就說不定能超越我們呢。」費洛的孫女相當聰明，有的時候我也會幫忙教她功課。我覺得她看起來相當可愛，也許長大後會是個美人。

當時眞是美好——如果我沒有背叛他的話。

後來，我們眞的做出了不死藥出來了……這麼說也許有點模糊，關於到底什麼是眞正的不死。不過就算沒有做到眞正的不死，至少也比以往更接近不死了。我們目前做到的不死到達什麼程度呢？舉例來說，我們把一隻老鼠用鐵鎚敲碎，原本血肉糢糊的老鼠肉塊竟然又逐漸地聚集起來，並恢復成原本的樣子，而後又開始活動起來。奇異的是把老鼠的頭割下來放到有一段距離的地方，並把身體固定住，老鼠的頭竟然就「飄」回到了牠原本的身體。此外，這隻老鼠活的時間也比一般老鼠多活了三倍長的時間了，我想就算這還沒有到達眞正的不死，起碼也是很大的成就了。雖然還沒有在人體上實驗過，不過我想成功的可能性還滿大的。

最後做出來的藥，碩果僅存兩顆，就等著把這成果發表出來了。

然而——以下就是我爲何背叛我朋友的原因。在當時我原本有個愛人夏涅，她是一名在各方面都投我喜好的女性。不死藥的成果還沒有發表，不過我還是偷偷地讓她知道了。想不到她接近我的目的就只是爲了要偷不死藥而已，她拿走了我實驗室的鑰匙，想偷偷地把不死藥拿走，幸好我們將兩顆不死藥分開來保存所以，她只偷到一顆。而我也在實驗室現場抓到她了，她拿起刀來想要脅我，我跟她一陣扭打後，把刀插入了她的身體。

原本以爲會死的她，結果什麼事情都沒有發生，甚至連血也沒流，當下我就明白了，原來她已經把不死藥吃下去了。

在那瞬間我的感覺非常複雜，一方面是珍貴的不死藥就此少了一顆，另一方面，那不死藥極有可能具有我想要的功效。

結果還是讓夏涅給逃走了，一時氣憤的我決定要對她展開報復。把另一個不死藥也給吃了，這樣我就能尋找她，直到我成功爲止了。這就是我背叛了我的好友的原因。事情如今已經過了五十年，我想他現在應該已經死了吧，因爲他並沒有吃下那不死藥。

從那天起，我開始有寫些日記的習慣，希望能提醒自己不要忘了這件事。但是在長久的尋找過程中，我也已經難以堅守初衷了。

日記：

從今天起開始來記錄復仇的事情吧。

目標到底在哪裡呢？

二

今天又踏上了復仇之路，繼續尋找著夏涅。

她至今依然在我不知道的地方逍遙著吧。

雖然已經是不死人了，不過有些事情光憑自己一人還是難以做到，再怎麼說我也只是不會死而已，並沒有因此就獲得一些原本沒有的能力，比如像是收集情報之類的。

也好在我活得夠久了，知道一些門路，不過他們多不相信有不死人這種東西。事實上我也從來沒有讓他們知道我要找的是不死人。當然，我也不會讓別人發現我是不死人，每隔一段時間，我就必須要換個身分才行。

而如果有什麼可以降低搜尋不死人難度的東西的話，大概就是不死人無法去整容這件事情吧。仔細想想就能理解爲何不死人無法整容了，因爲身體在受到損傷之後就會自動復原。而整容也算是對身體造成傷害的一種方式，所以只要去整容，無論想是隆鼻還是割個雙眼皮之類的，過不了多久就會回復成原來的樣子，是故不死人的容貌永遠不會改變。

我拿著以前夏涅的照片請人幫忙搜尋，最後得知了她可能出沒的城市，而要到達那座城市，最快的方法就是直接從我現在所處的這座山走過去。當然也有其他可能的道路，不過我擔心花的時間太長，等我走到那座城市時，夏涅已經離開了，逼不得已，我只好走這座山。

山路……眞是麻煩啊，爲什麼要夏涅要躲到那城市呢？害我非得經過這種山路不可，尤其還是這樣曲折蜿蜒的山路！可以慶幸的是天氣還算晴朗，要是下雨的話……怎麼想著就眞的突然下雨起來了？這樣可是很危險的，不但天空開始籠罩起一團黑雲，本來已經夠細小的山中小徑現在更加地滑濘不堪了，走起路來都得格外小心不要摔倒才是。

結果我還眞的不小心摔倒了。

不知道過了多久，我終於醒了。

看來我之前不小心摔倒撞到頭失去意識了，雖說是不死人傷勢很快就好了，不過撞到的瞬間頭還是會痛。

雨終於停了，但因爲我倒臥在泥地上搞得衣服相當汙穢，穿著很不舒服，眞希望能找個地方趕快洗澡。想想要是自己不是不死人的話，在這種情況下恐怕已經得了重感冒了吧。

我想今天還是暫時下山。如此打算之後我開始尋找下山的路，但一直都找不到，漸漸的，我也覺得開始飢餓起來了，說起來雖然已經不死了，我還是會感到飢餓耶，我還沒有試過如果一直餓下去的話到底會不會死，我猜測最多只是餓昏到難以思考而已吧。這不是一件好事，我得趕快找到下山的路來才行。

走著走著，我看到一名女性倒臥在山路上，莫非她也跟我一樣是摔倒的嗎？我趕緊上前關心她。上前一看……竟然是我喜歡的那型耶！

就算想救她，不過我也不知道該怎麼做才好，這麼說還滿不好意思的，雖然我活了很久，卻一直沒有學習這方面的知識。我試著先叫醒她看看：「小姐小姐……妳沒事吧，醒醒啊。」

聽到我的叫喚之後，她先是發出了一陣呻吟，而後揉揉了她的雙眼，我不禁在心中低呼「太好了」，要是她再不醒來的話，我還眞不知如何是好。

「妳好，我看到妳倒在路邊……所以才前來關心一下。不知道妳還好吧？」

「感覺頭好像還是有點痛……不過應該沒事了吧。」

「對了，我看妳應該也是住在這附近的人吧……不然應該不會這個時間還在這種山上。」

「是這樣沒錯，我家就在更上面的一座屋子裡。」

「冒昧問一下……如果可以的話，可不可以讓我借宿一晚呢？」

「當然可以了。要是沒有被發現的話，我說不定就會在這裡待上整晚後才醒來，在這樣的森林裡待上一晚，會發生什麼事情可難說了。就當作報恩，請務必來我家住一晚、吃頓飯吧！」

「得救了！」

我不小心大聲叫出來。看來我終於可以擺脫這身骯髒的衣服，並能享有一頓晚餐了。

日記：

五月十六日。

今天差點不小心在山上遇難，幸好得救了。救我的是一位感覺相當成熟的女性。滑倒時受到的撞擊相當地痛，到現在我還能隱約回想起當時的感覺。不過現在已經沒事了。值得一提的是那位救我的女性從外表看來真是我喜歡的那類型，想想我已經過太久單身的生活，很久沒有與他人接觸了，也許是因為這個原因讓我積極起來了吧。如果可以跟她這樣永遠生活下去似乎也不錯呢。

P.S.這只是在妄想。

三

我後來得知她叫奈如，我也跟她說了我的名字就叫做星。

我總覺得我曾經跟奈如見過面，如果這樣如實對奈如說的話，她大概會覺得老套吧，正當我這麼思索著的時候，奈如竟然對我說了我本來打算要對她說的話，她微笑著對我說：「總覺得我們以前好像見過面的樣子。」

莫非她也對我有意思？

原本預計只住個一晚，但不知不覺中已經持續住了一陣子了。我很喜歡這樣安定的生活，不用去想復仇那些負面的想法。而奈如雖然沒有明講，但我想至少她也不反對這樣的生活，這點從她一直沒有提到「我一直住在這裡」這件事就可以看出來。所以我想她也喜歡這樣子也說不定。

我決定暫時不管復仇這件事情了，先來享受當下的生活吧，但說眞的要與一般人相處而不被發現是不死人還是相當困難的一件事，我只要有受到一些明顯的傷害就會被發現，因爲一般人不可能這麼快就復原。

今天我也看到奈如在讀一些很艱深的書，我曾經問過奈如爲什麼會對這些東西感興趣，她才提起她小的時候也曾經有機會讀過書，因爲一些因素就沒有繼續唸下去了。我總覺得這樣對奈如來說相當可惜，如果我還在學界的話，也許可以幫助她也說不定，可惜在我復仇之旅開始之後，我就放棄掉那些身分了。

「很遺憾我無法幫助妳。」我在心中對奈如道歉著。

不過要我幫助解答學業上的問題，我還是辦得到的，有時候看到奈如獨自看著書沉思著，我知道這時她是對書本上的問題感到困惑，這個時候我就會適當地提供解答。

「哇，星好聰明喔。」奈如對我稱讚著。

這哪有什麼，怎麼說我也曾是聰明到能發明不死藥的人呢。

今天輪到我煮飯了，我正專心地在切菜，突然奈如出現嚇了我一跳。

「星，今天要煮什麼呢？」

「好痛！」我不小心切到手了。

「啊，對不起，我不是故意的。讓我看看傷勢吧。」

「這個……沒有啦，其實我騙妳的，我根本就沒有切到。」

「怎麼會……我明明就看到了啊。」

奈如硬是把我的手抓起來看，但上面一點傷痕也沒有，因爲已經復原了。

「就說一開始就沒切到了啦。」我極力想要敷衍過去。

「奇怪……我明明就看見了啊……」

唉，不知道奈如是不是眞的發現這件事情了。

日記：

七月二十四日。

也許是因為我很喜歡這樣的生活，才一直沒有揭露不死人的事情吧。

我覺得我的身分其實已經被發現了，所以我似乎要來考慮是否要繼續復仇之路。

　　事實上，我並沒有喜歡她，只是單純地喜歡這樣的生活而已，但也並非就要堅持這種生活下去不可。所以，要選擇繼續復仇也可以，選擇忘掉復仇也行。

　　來複習一下好久沒有回憶起的對付不死人的方式吧，不死人再怎麼強，也並非不會受到傷害，只要一直持續給予無法恢復意識的傷害的話，要對付不死人其實相當簡單。

　　無論如何，我決定先對她坦白，再來看看要怎麼選擇好了。

四

我決定對奈如攤牌。

「奈如……實不相瞞，我有話想對妳說……」

「怎麼了，星？剛好我也有事想說。」

奈如請我好好地坐下來談，並送上了她所泡的茶。

「來，請用。」

「謝謝。」我聞了一下茶的香味，似乎跟以往有點不一樣。

接下來還是得進入正題。我告訴了奈如那些事情，包含了我是不死人，以及我之前一直在尋找那個同樣是不死人的仇人。奈如並未如我想像中的吃驚，也許她根本就不相信有不死人這回事。這樣我要怎麼問她接下來的問題呢？不過我還是問了……

「奈如……請問妳願意跟我共度接下來的生活嗎？」

「那是不可能的。」回答得眞是有夠斬釘截鐵，奈如又接著說：「話說我也想問一個問題，如果我沒有答應的話，還打算繼續去找那個人復仇嗎？畢竟都過了五十年了。」

「是這樣沒錯……」

「原來如此。」

「話說奈如……我可以問妳爲什麼不答應嗎？」

「因爲女生跟女生在一起感覺不是很奇怪嗎？」

會很奇怪嗎？我前一任交往的對象——夏涅就是個女的啊。

我突然感覺頭有點暈眩。

「再說，妳不是不死人嗎？不死人要怎麼跟一般人生活？」

「咦，奈如妳相信那件事情了啊，我還以爲妳並不相信呢。」

「說眞的……我也一直不相信有不死人這回事，直到看到妳爲止。因爲，妳說的不死藥就是跟我的爺爺共同發明的吧。」

「咦？也就是說……妳是他的孫女了？」

所以我會覺得好像有看過奈如是因爲我曾經參加過她的生日宴會了？而她也應該認得出我，畢竟不死人無法去改變長相。

「沒錯，據說爺爺突然精神失常，一天到晚叫喊著『我發明出不死藥啦！』『都是被那個傢伙給吃掉的緣故！』當時所有人都以爲爺爺瘋了，連我也這麼覺得。眞是遺憾呢，原本是個這麼和藹的人變成了這副德性。

「不過現在看來爺爺並沒有瘋，他所說的話都是眞的了。但當時大家都認爲爺爺陷入了妄想之中，他的研究沒有成果出來，所有人都認爲他在說謊。家裡也陷入一片愁雲慘霧，母親因此過著以淚洗面的生活，連帶著我的前途也慘澹起來，因此不得不中斷原本的學業呢。

我雖然不相信有不死人這回事，不過有時也會希望有某個人物能承擔我的抱怨，『就是因爲那個人所以我的生活才會這麼困苦』，只要這麼想著就不會覺得自己的負擔這麼重了。但想不到那個原本以爲不存在的人物竟然眞的出現了，而且還自己到我家來，眞是難以說明的巧合啊。」

我的意識開始朦朧起來。

「我的頭……好痛……妳到底做了什麼？」

「雖然不死人的回復力很強，不過在當下藥效還是會發生作用的。」

「放心好了，那只是強力的安眠藥而已，對人體並沒有傷害。而且妳不是不死人嗎？怕什麼？」

「妳爲什麼還惦記著這件事……不是都已經過了五十年了嗎？爲什麼都過了這麼久了，妳還想著要復仇？」

「這問題的答案對妳來說不也一樣嗎？都過了五十年了，妳也堅持要復仇啊。」

對啊，奈如說的一點都沒錯，竟然我直到現在都還沒有忘懷仇恨，那麼對於被我傷害過的人來說也是如此，奈如卻是有動機要來對我復仇？

我失去意識。

日記：

七月二十五日。

復仇之路終於到此結束了。

她還向我求婚了，我一開始就不打算答應。對我來說只有兩個選項，要繼續去復仇或者忘掉去復仇而已。我一直困惑自己到底有沒有充足動機去復仇，所以我決定如果對她來說過了那麼久還決定要去復仇的話，那麼對我來說也是。話說我原本還以為她認出我來了，結果竟然沒有。在她教我功課時不就該注意到了嗎？怎麼說小時候也有教過我了。

我不知道要如何處置她，說真的就算跟她有仇，現在想起也不覺得這仇恨有多深了。不過她還是有利用價值，因為她是個活生生的實驗數據，我會把她公開出來，以證明爺爺的研究是真的，希望這樣可以得到一筆錢來繼續完成我的學業。

要拘束她還是相當麻煩的一件事情，好在不死人再如何厲害，神智不清時也做不了什麼，就算恢復力再強，我只要讓她持續地沒有辦法恢復意識即可。

雖然很無奈，不過不死人終究還是無法跟一般人長久共同生活下去，所以我對於她的下場也感到相當遺憾，不過人總是要鐵下心來繼續過生活。

在她的茶裡面加了安眠藥，趁著昏睡的瞬間先把她的頭砍下來放在瓶子裡，等需要讓她復原時，再把瓶子打開，這樣不但可以證明她不會死，也可以讓她無法恢復意識，真是一舉兩得。

（第三屆聯盟徵文最受讀者歡迎獎，原發表於二〇一二年）

【作者簡介】

葉荒

中正大學推理小說研究社第六屆社員，歡迎加入推理小說研究社。

【解說】

有骨也要長肉，才能活得好：評〈對不死者的復仇〉

細風

（本文涉及謎底，未讀勿看）

先說我覺得不夠完善的地方。從故事設定來看，主角縱使在外貌上沒有衰老，但心智年齡上至少已經超過五十歲了，因此包括思考和言行舉止應該都要更沉穩世故一些，但我讀來卻感覺主角們無論在想法和對話上仍像是年輕學生的口吻。另外，故事中段帶出「對付不死人的方法」的轉折有些突兀，會讓人對於「不死人」的設定略感輕率，雖是敘述性詭計的一部分，同時也呼應最後兇手的動機，但仍有些違和感，讓人覺得不死人也沒那麼威。

科幻超自然的設定並非不行，但不好寫，但在短篇小說中恐會花去不少篇幅說明，造成節奏比重上不易拿捏。我的淺見是，要嘛要有更縝密的設定，但這樣勢必發展成中長篇格局；要嘛就更跳TONE架空一些，把重點鎖定在特定情節或人物上，讓讀者認同作者有違科學常理，但合乎情節的設定。但無論選哪一種，故事的布局和敘述方式也都要相互呼應。若作者有志於嘗試這個領域，艾西莫夫（Isaac Asimov）的作品必讀，寵物先生的《虛擬街頭漂流記》也是傑作。

回到這篇作品的優點。作者運用敘述性詭計，以性別和年齡作爲障眼法，並且在段落之間留有伏筆，可謂兼顧推理小說該有的公平性，也呼應結局的意外性。而作者對於段落的比重分配也很有概念：「起」（主角交代背景）、「承」（主角展開行動、遇見第二主角）、「轉」（製造衝突、埋線索）、「合」

（故事結局和詭計眞相），基本上已經是一篇骨幹穩定的作品了。

另外，作者謹慎地控制登場人物數量，讓每個人物都有其功能，不至於讓過多無關的角色占掉篇幅，這是我覺得頗可取的地方。雖然精明的讀者可以從編排和有限人物中猜到詭計，但不必因此否定作者的創作意圖，畢竟創意和新詭計總是站在前人的肩膀上開展的。

總的來說，若將故事篇幅拉大，「不死人」的描述加入多一些理性的設定（也藉此埋更多線索），並且檢視主角之間對於「復仇」這件事的動機和心理描寫（別忘了篇名有這兩個字），必能成爲更精彩的中篇推理小說。

【作者簡介】

細風

畢業於中正大學某研究所，現為勞工朋友。

二〇〇二年加入中正大學推理小說研究社，為第二屆社員。在推研社的日子有幸結交許多推理同好，承蒙諸多社員的分享與指導，開拓了自己對於推理世界的認識。

自認書本和電影是人生重要的精神食糧，但雜而不精，聊以自慰。喜歡的作家包括東野圭吾、卜洛克等，喜歡的電影導演為史丹利庫柏力克和阿弗德希區考克。

持續想像自己可以把推理電影的脈絡整理出來，默默吸收天地精華中。

薦逐客書

Fish

〈信件〉

寄件者：王店長 <Jay-Wang@K-market.com.tw>
收件者：李老闆 <Jing-Lee@K-market.com.tw>
寄件日期：2012/1/28（週六）10 :30 PM
主旨：C店的事件與我的推論

李老闆，您好：

關於C店今天所發生的事，所有員工皆已從驚嚇中恢復平靜了，警方也已經展開了調查；第一次看見屍體的衝擊相當令我感到震撼，以前在電影中雖然看過了不少次，但是沒想到親眼目睹卻又是另一回事，想起以前還夢想成爲電影中的警探能夠靠著屍體周遭所遺留的證據找出兇手，但實際見到屍體卻嚇得不知所措，果眞我還是不適合呀。不過希望C店能夠儘早恢復營業，再加上對於過去夢想的職業有些燃起熱情，我想提出我對於這次事件的看法，若能讓此次事件快速結案，那眞的是再好不過了。

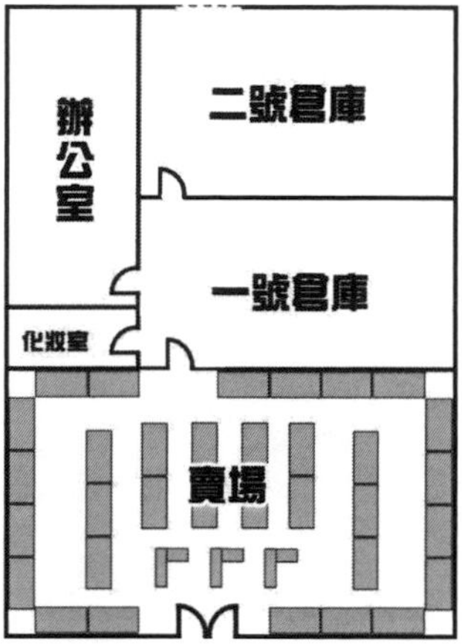

C店平面圖。

C店雖爲知名連鎖生鮮超市——K超市——底下的加盟店，但由於身處較爲遠離市區的住宅區，業績並不如其他被評比爲A級的加盟店，不知道是不是這個緣故，使得店內所能獲得的獎金也比其他店來得少很多，店內的監視器只有散布在賣場中及後方的辦公室內，其餘地方都沒有設置監視器，也因爲這樣，使得發生在二號倉庫的命案沒辦法直接從錄影帶中找出兇手。

今天下午四點左右，爲了查看飲料的庫存量而來到二號倉庫，按下電燈開關的時候，發現電燈不會亮，但又由於正値進貨日，店內大家都相當忙碌，若請人來更換燈管怕會帶來不少麻煩，就在想著明天早上顧客不多，請人來替換的同時，按下了鐵捲門的開關，反正午後雷陣雨剛下完，太陽已經露臉了，先借用日光來照明，正好奇爲何頭頂上的天花板會有奇怪的聲響時，倉庫地面上的景象讓我愣了一會兒，爲何中間原本按品牌擺放整齊的罐頭、飲料會散落一地？而收拾整齊的空紙箱也散落倉庫各處？就在鐵捲門到達頂端發出「鏗！」一聲的同時，一隻鞋子從天而降落在我的面前……

沒有戲劇性的高頻尖叫，時間卻彷彿靜止了下來，視線緩緩地朝上望去，穿著白色襪子的腳與尚穿著一隻鞋的腳就這樣懸掛於前方，在粗壯的雙腳上連接著微微晃動的肥胖身軀，懸吊著全身的是條粗麻繩，而麻繩垂降於天花板金屬的橫樑上，麻繩的尾端緊緊地綁在鐵捲門的下方……

「發生了什麼事？爲什麼鐵捲門打開……」因聽到很久沒開的鐵捲門發出的刺耳聲響而趕來的店員A出現在我身後。

「啊！」

尖銳的叫聲重新將我拉回現實，鎮定之後才想起應該要叫警察車和救護車；五分鐘後幾輛警車擠在店門口，紅藍色的警示燈在店中每張緊張的臉上閃爍。

在剪斷吊著屍體的痲繩後，終於可以看見死者的眞面目，死者是每天都會來店裡胡鬧的奧客，這位客人令每個店裡的員工都印象深刻，第一個原因是她的「氣質」令人畏懼，只要待在距她方圓一點五公尺的距離內，都可以聞到她所散發出的惡臭，秉持著「顧客至上」的信念，我們也都對她沒有抱怨，不過儘管如此，她卻像是要展示她的香氣一般，常常貼著我們問些「這個東西的有效期限是不是到上面所寫的×年×月×日到期？」之類雞毛蒜皮的問題，因此大家都默默在她背後叫她「香妃」。

另一項令人相當厭惡她的原因則是她的毒舌，由於店內員工過去皆有被這位客人辱罵過，儘管所有人都還是面帶微笑地替她服務，但是在背後還是對她相當不滿，甚至在每次她出現之前都還會互相通知所有人「警報！香妃來了！」總而言之，店內所有人對她的印象都非常地差。再見到她之後除了被猙獰的面孔與毫無聲息的軀體驚嚇之外，並無人替她的死留下眼淚。

經檢驗後，確認死亡時間是在下午三點左右，而死因是先遭到勒斃才被吊上天花板的橫樑，不過屍體是怎麼樣被懸掛在這麼高的橫樑的呢？從監視器的畫面中顯示死者是大約二點半的時候來到C店，而在約二點五十分的時候和某店員（因爲被貨架擋住了，無法確認是誰）講了一小段話後就自己走到倉庫，之後就沒有再出現在畫面中。

而在這段期間內唯一沒有嫌疑的只有兩個人——負責站收銀的店員B以及在過磅區的店員F，其餘五人包含我在內則因點貨、補貨、訂貨、上洗手間都有短暫消失在監視器的畫面之中，因此只有我們五人成爲了調查的主要對象。不過當然大家的證詞都相同：年節將過，公司方面也即將進行店內盤點等大事，儘管客人的數量沒有過年前與期間這麼多會忙得不可開交，但是即將到來的事情當然還是讓我們大家忙得沒空休息，不斷地進出倉庫都是在忙這些事，沒有任何人有空殺人。經過不斷地調查與審問後，警方也在晚上八點離開了。

終於有了短暫的喘息時間，由於大家也都沒有什麼力氣繼續招呼客人，於是不到閉店的十一點就先讓大家回去休息了。在大家都離開C店之後，上傳資料的同時開始獨自思考今天所發生的事件……

一號倉庫與二號倉庫都只是普通的倉庫，空間廣大，並在有放上綠色墊高板的地方，將一箱一箱庫存商品堆疊上去，倉庫的天花板有經過挑高，從地面到屋頂的高度約有六米高，一方面是因爲新年快結束庫存不多，另一方面也是爲了安全起見，庫存品最高只堆疊到約一點三公尺處；平滑的灰色牆面除了裝設通風扇之外，並無開任何窗戶，避免陽光曝曬導致商品變質，此外也是怕雨天時要關閉窗戶是相當費工的事；一號倉庫主要存放餅乾、百貨等商品，其餘飲料、罐頭、壓扁的空紙箱等則是堆放於二號倉庫。

由於鐵捲門後是一大片的農田，道路並未與任何地方相通，所以進貨時廠商都還是將貨從前門經賣場送至倉庫，也因為都沒有使用到這道鐵門，因此在裝設好這道鐵捲門之後都沒有開啓過它了。

再次看過二號倉庫的案發現場後，其實整件案子在我心中已經有些底了。

二號倉庫唯一的鐵捲門因為長期沒有使用的緣故，在沒有上潤滑油的情況之下開啓，必會發出相當大的聲響，所以利用鐵捲門下降將屍體往上拉的方式是行不通的。

要將一名肥胖女子懸吊至挑高五米的倉庫天花板其實並非難事，儘管店中的梯子最高只能使身高一百七十公分之人到達大約三點七米之處，但如果利用倉庫內現有的東西，不必用到梯子也能將人掛到如此高的地方：因為年節的關係，三百毫升的鋁罐汽水都是以六入以紙包裝一組來販售，一組一組除了方便拿取之外，相對的也比較耐壓，大約四組上面再墊上紙箱就可以做成一個階梯，以倉庫的長度來說，從倉庫底部作為階梯的第一階——一點三米，只要向外每次增加十五公分，以身高一百七十公分的人來說，到達倉庫中間時距離屋頂其實已經不到一米了，揹著屍體爬上這座飲料塔，只要將屍體的頭套入圈套中就可完成了，所以只要一開始先將麻繩繞過橫樑，固定於鐵捲門之後就好了，而在犯案之後也不需大費周章將飲料、罐頭放回去，只要將它往旁邊推落即可製造打鬥過的錯覺。

至於要如何讓死者進入這個「非本公司員工勿入」的倉庫而在監視器裡看起來卻不會很突兀？其實這也沒有什麼太大的困難：雖說這只是間小小的超市，但當有客人急需使用廁所的時候，大致上我們還是會讓客人進去使用的，兇手只要在客人喧鬧之時過去加以詢問「有沒有哪裡需要幫忙」，在她不講理的同時告知她「可以到辦公室和店長談」即可完成，因爲在之前都採取忽視、不加以理會的態度，這一次提出的這個提議一定會使得她同意前往賣場後方，之後就只要按照計畫先將她殺害再弄到繩索上就好了。

如此一來就可以解釋爲何地上會散落著飲料、罐頭與紙箱，而爲何香妃會突然跑到倉庫也是可以合理地推測。

知道了這次的犯罪手法，故事就已經結束了，沒錯，這封信是我的自白書。

其實之前讀過某位驚悚小說家的作品，故事結局兇手竟因爲良心不安而自首，在讀完這篇故事後，眞的令我感到相當地不可思議，自己精心策劃的完美謀殺能夠順利地完成，豈不是該感到相當興奮，因爲自己能完成這樣完美的傑作，不是會得到相當大的成就感嗎？

沒幾層的階梯因腎上腺素作用，輕輕鬆鬆就建構完成，揹起噸位比我還要重的屍體也是一下子就完成任務，而在說過電燈燒壞之後也沒有人懷疑去檢查，這眞能歸功於幸運之神的幫助，所有一切能按計畫完成眞是太美好了，看來連上天也都認可我今天所執行的懲罰，除去了每天都會來搗亂的奧客，之後營業的日子會愉快許多，算是幫店內的工作夥伴們一個大忙，雖然在這封信寄出之後，我就沒辦法再和他們一同為C店的工作一起打拚，但至少大家的耳根和鼻子可以獲得較好的舒緩。

原本只是想寫下今天的功績，順便過過寫小說的癮，但沒想到眞的如同那篇故事一般，在用手勒緊纏繞在她頸上的麻繩時，那種感覺眞的是難以形容，憤怒慢慢隨著雙手的施力而流逝，在靈魂被擠出這可惡的軀殼後，全身瞬間完全放鬆、暢快，在掛好屍體之後，本來一切都可以結束了，但是在瞄到那扭曲面孔的瞬間，一種詭異的感覺開始從腳邊竄上全身，她那噁心的腐臭味充斥著鼻腔，凸出的眼球不斷地盯著我瞧，衝進廁所之後還是無法抹滅這恐怖的感覺，說什麼在打開鐵捲門後沒有相當驚恐其實都是謊話，那雙眼，那雙緊盯著我的眼，那張嘴，那張看似怒吼的嘴，彷彿隨時都會將我的罪行直接公諸於世，警察沒有注意到我奇怪的表現，可能是以為我第一次碰到屍體而感到害怕吧，沒錯，我是在恐懼，「在那，我把她殺死之後藏在那裡」，難怪男孩會因為殺死了那人之後馬上自首，人心恐懼的同時，靈魂就能輕輕鬆鬆的占領了他的心，沒錯，不斷地在耳邊述說你的罪狀，難怪會令人崩潰，無法忍受了，但是我還不想馬上被逮捕，留下獨自一人，寫完了這篇「故事」，腦內的亡靈終於暫時停止吶喊，明天就會結束了。

再見，我很喜歡在這裡工作的每一天，但相信往後的日子C店會更好過，期待員工們都能不受影響的繼續努力打拚，再見。

王店長

〔日記〕

親愛的日記：

這一切終於結束了，每一天的惡夢終於畫下了句點，從明天開始終於不用再面對這些令人厭惡的東西，雖然因爲這次的事件可能會導致C店必須暫停營業一段時間，不過，誰在乎呢？噁心的東西清除掉了之後，休息個幾天讓晦氣排出，豈不也是很美好？

言語對人造成的傷害是多麼地難以癒合，難道他不知道嗎？無理的汙衊、惡毒的謾罵，這些語言的摧殘久了之後便會使人不成人形，在經歷過十幾次的惡毒攻擊之後，心中復仇的決心就開始悄悄燃起，比較清閒的時候腦中就會開始計畫這些有的沒的黑暗計畫，像電影中開槍掃射是行不通的，台灣槍枝管制跟國外是無法比的，像我們這種小角色哪有辦法說拿就拿得到；華麗的密室殺人，根本沒有那麼多時間來布置密室，所以完全不考慮；想當然那些分屍的費力耗時手法當然直接略過，選來選去在這種大空間的舞台還是吊刑最適合，直接利用當場拿得到的工具輕輕鬆鬆就能完成，簡單、方便，相當完美。

「恨意是會累積的」這應該是大家都知道的事，但是會去避免使自己引來殺機的人卻不多；每一天來到店中一定都會碰到他，每一天更新的冷嘲熱諷，說實話，一天比一天毒辣誰忍受得下去？遲早會引爆的。

當屍體按平時沒事空想出的計畫完成，在他的雙腳離開地面的那個瞬間，那種感覺是無比地暢快；除害，爲大家除去令人厭惡的東西，「助人爲快樂之本」原來是這麼一回事，解救大家脫離苦海，自己同時也不用再面對這些惡夢，大家都快樂，之後的日子也都好，豈不是完美；新年就是該如此不是嗎？除舊布新，將舊的東西清除掉之後全部換成新的，新的若不好之後再換嘛。

「顧客永遠是對的」這句話一直以來被服務業的員工記在心中，但是，這句話的前提必須建立在「顧客」的身分剛好符合我們服務的「人」才能成立，店內是禁止攜帶寵物入內的，當禽獸進入了店中，無論牠的身分是什麼，當然必須將牠驅逐出境呀！

在寫信的時候手因爲興奮而不停地顫抖，將未完成的文章完成之後，還是相當地興奮，傑作，這封信寫得眞是完美，寫到最後的部分時想到前些日子讀到的那篇故事，記憶猶新的就直接將它改編納入信中，寫完之後還眞的有種令人毛骨悚然的感覺，看來寫得還頗成功的。最後只要擔心語氣不同的地方不會被發現就好了。

「我們只是工讀生」這句話在我開始打工之後才注意到很多人在說，沒錯，因爲我們的薪資沒有一般正職員工多，便宜的勞力當然要妥善地利用，因此將所有工作的時間排得滿滿的，我不會介意有事做，反正暑假跑來打工也是因爲在家沒事，增加些經驗是好事，但是心情不好的時候就直接對我發洩，因爲知道短期工讀的我不會在這裡待太久，既然都會離開，只是時間的問題，所以才會對我這樣是吧？香妃和他比起來眞的是好太多了，一部分的原因是因爲和她比起來，我跟他比較熟吧，要殺人的話當然是她比較好下手，不認識的人在殺完之後很快就能遺忘掉她。沒錯，我就是衝動，就是因爲這樣無法忍受任何他每天的舉動，精神上得打擊終將承受不住而崩潰。

當一天之中要承受兩種砲火的傷害，誰受得了？當店長就了不起嗎？是客人就最大嗎？在第二具懸掛的屍體再度完成，看起來就像晴天娃娃一般，那一刻，心中的怒火終於平息，殺害香妃的罪就由你來替我擔啦！沒錯，明天會更美好，你說是吧？不知道明天打開一號倉庫會有多少人被嚇到呢？（笑）

時間晚了，晚安親愛的日記，明天見。

終於抹除惡夢，最後一次被稱為員工G的我 2012/1/28 11:59 AM

（第三居聯盟徵文佳作，原發表於二〇一二年）

【作者簡介】

Fish

暨南國際大學推理同好會第十二屆社員，二〇一〇年入社，熱愛名偵探柯南，喜歡歐美推理小說，目前對「北歐犯罪小說天王」尤・奈斯博的作品相當著迷；同時為福爾摩斯瘋狂成癮者，無法忍受任何批評福爾摩斯的作品。

【解說】

聞議逐客，竊以為喜——〈薦逐客書〉解說

路那

（本文涉及謎底，未讀勿看）

以短短的五千字，架構出一個案件及其解答，是可能的嗎？〈薦逐客書〉給了一個漂亮的回答——不僅可能，更可能結合解謎與犯罪小說，提供讀者兩種樂趣。然而，也由於篇幅是如此簡短，使得小說無論在人物描寫又或是情節架構上，跳過了許多細節，留下了一些令人感到疑惑的空缺。

小說表面上由「郵件」與「日記」兩個部分所組成，然而實際上卻是由「偵探的郵件」、「兇手的續郵件」與「兇手的日記」三個部分組成。其中，郵件中由「偵探」到「兇手」的轉折，應是最難處理的一個部分。作者細心地處理了語氣的轉換，此點頗值得稱賞。然而，是否需要爲了保留語氣上的轉換，而犧牲了語言的流暢性？則是作者需要再思考的問題。此外，爲了留下這樣的巧思，作者不得不同樣留下了一個令人疑惑的問題：爲何兇手不再重寫一封以自白爲出發點的懺悔信？在操作上，顯然這會比接續原信書寫要更爲簡便，也更爲容易。且按照「兇手的日記」來看，則兇手的主要目標，應該是王店長，殺死「香妃」，第一是因爲「不認識的人在殺完之後很快就能遺忘掉她」，在警方偵訊時不會露出馬腳；第二是爲了要嫁禍店長，使他看來像是畏罪自殺，使得警方不會去追查動機，達到一石二鳥之效。兇手也自承「比較清閒的時候腦中就會開始計畫這些有的沒的」，那麼，爲了達到栽贓店長的目的，事先準備好電腦

檔案，不是更加合理的行爲嗎？又何苦在殺了店長之後，冒著被發現的危險，繼續待在電腦前打字呢？再者，若計畫的本意，是嫁禍店長，使他的被殺有合理自殺動機，那麼這部分應是兇手的得意之作，但觀諸小說，卻會發現兩次謀殺之中，受到較多描寫的，是一開始的香妃命案，對於主力的店長命案，卻只三言兩語敷衍帶過。店員如何殺死店長？是趁其不備，或是加藥迷昏？如何藏／現屍？如何讓店長待在店中（是否店長已有習慣，下班不立刻走人）？犯案時的心態爲何？以上部分，若能詳細描寫，則「犯罪小說」的部分，應會更爲精彩。

除了對行動的描寫外，對人物的描述，也是小說中最引人注意的部分。作者對於「香妃」的描寫，生動活潑，令人印象深刻。然而正如同先前的解說者做偵探所說，「我們只對作品中的奧客印象深刻，卻對其他的人物的性格茫然不知。」欠缺對於其他人物（特別是店長）的描寫，使得最後自白日記出現時，讀者除了「驚奇」外，多少也感到「驚愕」。推理小說家陳浩基建議的解決方式，爲保留小說的本格元素，另外更動信件的書寫方式，或者加入警方報告等。考量到本文以郵件與日記等文本構成小說主體的特殊風格，陳浩基的建議或許是能夠兼顧形式與內容的一個方式。在此基礎之上，作者也可考慮增加篇幅，來令小說的人物更爲立體飽滿。如以網路上的討論文章，架構出「粗暴的店長」、「粗心的工讀生」，甚或「不合理的工作環境」（如此，或許也一併討論近年來勞動力廉價化的社會議題）等等，當可避免人物面目模糊的問題。

最後是關於小說的篇名。〈薦逐客書〉一名，令人聯想起秦朝李斯著名的〈諫逐客書〉。然而細讀之下，卻發現「薦」字不知由何而來？是指兇手毛遂自薦，以謀殺方式「逐客」嗎？若是，則其意雖扭轉曲折，但呼應效果卻不佳；若否，則又爲何安上此字，也是謎團了。依小說故事，竊以爲取名爲〈逐客書〉

即可。雖無法百分之百地呼應李斯健筆所述，卻也無傷於作者的巧思機心。

李斯在〈諫逐客書〉中，寫下「泰山不讓土壤，故能成其大；河海不擇細流，故能就其深。」誠哉斯言。於筆者，則望這樣一篇如塵土如細流的短文，有益於日後高山翰海的成形！

【作者簡介】

路那

台灣大學推理小說研究社第九屆社員。因為覺得大學推研社都像綾辻《殺人十角館》裡面的社員一樣是會以作家姓名互稱、隨便考對方推理名著典故的（怪）人，所以拖到大四才鼓起勇氣加入推研。

兩分錢幣

殺人種樹

「你自己也當過魔術師，怎麼可以抱持著這種心態？」詠生對著電話另一頭質問著，更讓他意外的是，這次的委託是破解一個魔術，更令他不解的是，委託他的，曾經是他高中時期的社長——魔術社的社長。

表演魔術有很多原則，大致上有三點，第一點，不能隨意透露魔術的祕密；第二點，同一個魔術不能在同時、同地、同個觀眾的情況下表演兩次以上；第三點，不能事先透露表演的內容，這些原則只為了維護魔術的生命，也就是祕密，如果知道祕密，魔術便不再神奇，更甭說許多魔術師仍靠這些祕密維生。

「所以你不管怎麼樣，都想知道這魔術的手法？」詠生再確認過了一遍，無論如何這委託讓詠生覺得非常納悶，但這已經是三天前的事了，這三天詠生一直泡在圖書館的影音室，一遍一遍翻著所有有關魔術的影片，館員看得膩了，乾脆給了他一個方便，直接讓他帶回去看。

詠生拿著筆、轉著，然後擱在指間，其實只是個小動作，全辦公室的人卻都把注意力放在他身上，他只是身著低調的黑色T恤和牛仔褲，很顯然並非衣服引人注目，而是這動作已經持續了一整個下午，當然沒人在他一開始轉筆時就注意著他，徵信社只有詠生負責處理除了外遇、身家調查外的事務，而詠生向來沒有一件事情能難他超過三個小時，所以其他同事總是戲稱他ＱＫ神探。

「欸，過夜要加錢喔！你行不行啊你？」鳳傑調侃著QK神探，拎著剛領到的相機跟攝影機經過詠生的辦公桌，拍了詠生的肩膀，他手中的筆掉了下來，詠生沒盯著他。

「跑業務喔！掰啦！」詠生回道，右手一揮，但眼睛仍放空，其他人也紛紛地說再見，這個行業的員工因為不斷地看到背叛、以及人性的缺陷，其實對親友的信任感很低，反而對同事有過高的信任，詠生不屬於這方面的業務，但也因為這關係，幾乎是把整個辦公室當作大家庭。

詠生撿起了筆，又像是在思考什麼事情，一把抓起了馬克杯，正要牛飲，眼神則是盯著電腦，但杯子已見底，正要起身去倒，卻被一雙玉手壓住，這雙玉手的主人是這辦公室唯一的女性，膚色紅潤，整體偏白，但卻不會令人感到她身體不好，一雙眼鏡透出聰慧的氣質，黑中帶紫的眼影和略點口紅的朱唇，只可惜時尚感被束縛在上班的套裝，不然的話恐怕是業界名模，或是展場SHOW GIRL了。

「在看什麼啊？」氣質美女發出細微的聲音，幾乎彎著腰把臉貼在詠生臉上，詠生的背部只突然感受到觸碰到東西，回頭一看，先是被靠近了臉嚇了一跳，當他意識到背碰上的東西時，嚇到直接站起來。

「筱琳，妳為什麼老是要這樣嚇我？」詠生講道，其他聽到或看到這件事情的人都笑了出來，年輕的同事毫不遮掩笑了出來，老的同事咳了幾聲，其中資歷最老的同事笑岔了氣，只差沒把肺給咳出來。

「杯子。」筱琳板起面孔，詠生只得服從，遞出了杯子。

「笑個屁啦！你們！」詠生只能把悶氣對著其他同事兇，但同事有些還是笑了出來。

「茶、咖啡、白開水？咖啡要不要奶精，要不要糖？」筱琳問得仔細。

「咖啡，不要奶精，糖要兩份。」詠生想了一下，其他人則是陸陸續續拎起相機準備去跑業務，整間辦公室只剩下他和筱琳兩人。

詠生感到不適，之前他跟鳳傑出去吃飯時，聽了太多太多關於她的傳聞了，有人說她負責的是更特殊的業務，當有些客戶不惜砸錢要求我們去製造證據，而這就是筱琳負責的部分，當時詠生都聽傻了，理解到為什麼同事之間只跟筱琳有種距離感，但也不知道其他人是怕什麼，詠生思考著究竟要正面對決，還是直接脫身。

「你的咖啡？」筱琳笑著遞出咖啡，詠生背脊涼了一陣，如果是被正常的女生搭訕，他倒是不會這麼緊張。

「謝……謝……」發抖的嘴唇只擠出這兩個字來，他也不懂他在害怕什麼。

「一定沒有交過多少女朋友。」筱琳心裡盤算著，腦袋想著之前看到的履歷表，蕭詠生，二十二歲，但那是兩年前的事了。

「說到這個，委託人拜託你破解什麼魔術？」筱琳冷冷地說，蕭詠生噎到把嘴裡的咖啡溢出來，只差沒用衣服把咖啡喝乾淨。

「咳……妳沒業務要跑嗎？」詠生咳了幾聲，然後問著。

「今天沒有啊！你吃過飯了嗎？」筱琳反問，詠生搖了搖頭。

「不過我跟我朋友約去吃飯。」詠生說著，有著強烈的防衛意識，試圖讓筱琳知難而退。

「我可以一起去嗎？」筱琳進一步問著，詠生摸了下額頭，他的嘗試失敗了。

「可以啊！」詠生苦笑，然後點了點頭。

詠生拿起桌上的電話，撥了朋友家的號碼。

「喂，請問哪裡找？」電話的另一頭傳來詠生熟悉的聲音。

「旻哥，我詠生啦！要不要一起到外面找點吃的？」詠生一問，但卻發現他自己可以預測他的回答。

「上次上館子是一個月前的事了，我老婆在煮飯，不然過來我這吃吧。」詠生口中的旻哥邀請著他。

「好啊，可是多一個人喔！」詠生提醒著旻哥。

「小子交了女朋友啊！好了，不聊了，老婆叫我幫她忙了。嘟……嘟……」詠生來不及解釋，電話就已經掛斷了。

筱琳正用有趣的眼神打量著詠生，詠生回頭一看，對到筱琳的眼神，慌張地避開了。

「我只是不想讓妳餓著而已，省得還要陪妳吃宵夜，別誤會！」詠生解釋道，但筱琳笑了一下。

撿起了擱在桌上的車鑰匙，把辦公室的燈給關了，然後向他的灰色可樂娜走去，筱琳一路緊緊跟隨，詠生卻不敢回頭看，彷彿回頭一看靈魂就會永遠留在冥界似的。

詠生開了車鎖，開了車門直接坐上駕駛座，而筱琳連遲疑都沒有就直接坐上副駕駛座，令筱琳訝異的是，車內沒有其他多餘的擺設，通常男生重視車子，必然在車上放些東西，不管是平安符也好，或是神像也好，卻一件也沒有，只有一只行李袋像被當成贓物般置在後座。

行駛間，兩人心思完全沒放在同一件事上，詠生思考著爲什麼一個徵信社的同事會這樣地搭訕他，而筱琳則在不斷思考，她究竟坐上了哪種人的車，但兩人不約而同地繫上安全帶。

「所以那是委託人？」筱琳問著，詠生差點連方向盤都抓不住了。

「妳怎麼這幾件事都猜得一清二楚。」詠生驚訝地說。

「你跟我說你有約吃飯，卻又打電話跟人家約地點，更何況你就算人家在家裡吃也要登門拜訪，那不是委託人是誰？但是你應該跟他不熟吧！連別人結婚了也不知道。」筱琳推論著，詠生點著頭，只有最後笑了一下，他打著方向盤向右轉。

「筱琳妳姓什麼啊？我一直只知道妳的名字。」詠生轉移焦點。

「解，不是謝謝的謝，是庖丁解牛的那個解，但是跟謝同音。」筱琳回答著。

「喔！還以爲妳跟鳳傑同姓，原來不一樣啊！」詠生打了方向燈靠向內側，停在紅燈前，準備左轉。

「大部分都正確，但最後妳猜錯了，我和子旻太熟了，太常約出來吃飯了，所以才習慣地這樣問。」詠生打著方向盤開始往巷子鑽，鄉下地方都沒分什麼商業區住宅區的，所以公寓旁有小吃攤一直是在鄉下很常見的。

「在車上等我一下喔！」詠生停下車，拉上手剎車，解下安全帶開了車門直往滷味攤狂奔，筱琳只是把車子熄了火，思考著一些事情。

筱琳拿出了化妝包，打開鏡子，然後替自己補上了口紅，笑了一下，確認自己的裝扮可以見得了別人。

「抱歉，讓妳久等了！」詠生提了一袋的滷菜。

「沒啦！沒等很久。」筱琳急忙地收起鏡子，繫起了安全帶，朝詠生笑了一笑，詠生則是一陣惡寒，他實在搞不清楚筱琳的目的到底是什麼？

「到了，下車吧！」詠生把車子停在一棟透天的前面，這透天看來很新，沒啥被雨淋過的痕跡，詠生開了門提著滷菜，順道開了後門，拿起了那袋行李袋，而筱琳只是在他旁邊看著。

「不好意思打擾了！」詠生敲了敲門，也弄鬆了自己的鞋，筱琳意識到有人要開門時，卻一手牽起了詠生的手，另一手扶住了他的手，就像嬌小的女性牽她男朋友的手一樣。

「子旻，詠生和他女朋友來了！」子旻的妻子開了門，順便叫了子旻一聲。

「那個……我們不是妳想的……」詠生一邊解釋一邊試圖甩開筱琳的手。

「別在外面站著啊，快點進來坐吧！」子旻的妻子完全沒有聽到詠生的解釋，她只是走進客廳後的廚房，要幫子旻的忙，詠生無奈地看著筱琳，筱琳卻笑了一陣，放開了手，兩人各自脫了鞋進了客廳，客廳桌上已經擺了幾樣菜，詠生先坐了下來，筱琳則是看準了詠生的位子，在他旁邊坐了下來。

「阿生，你女朋友啊！」子旻向詠生打著招呼，也揀了個位置坐了下來。

「不是你想的……」詠生急忙解釋。

「我叫解筱琳，庖丁解牛的那個解，是詠生的同事。」卻被筱琳的自我介紹打斷了。

「我叫柳子旻，是詠生的死黨。」子旻也自我介紹。

「那個，我眞的跟筱琳只是……」詠生試圖補充解釋。

「菜都煮好囉！可以吃飯了！」子旻妻子兩手端著兩盤菜餚走了過來，把菜擱在茶几上。

「不要拘泥，當自己家。」子旻邊說著，一邊添著飯。

「喔對了！這是附近有名的滷味，請當成自己的晚餐吃！」筱琳拿起了詠生剛買的滷味。

「喔對，沒錯，是買來下酒的！」詠生已經放棄掙扎了。

所有人都動起了碗筷，大快朵頤。

「你們兩個是怎麼認識的啊？」筱琳問著，子旻的妻子也是一樣地好奇。

「他爸和我爸是死黨，我也常來找他玩，所以就熟了。」詠生解釋道，但筷子沒停下，夾起了菜往碗裡擺，筱琳擺出了一副疑惑的神情。

「眞的！我爸過世前幾天他就在我爸身邊替我照顧他，那時候我正出差，聽說你公司醫院兩頭跑，眞是辛苦你了。」子旻似乎有些感傷，詠生卻沉思著。

「是啊，伯父也過世了一年了，有點懷念伯父，小時候他都會變魔術給我們看呢！」詠生也說著，看向擱在客廳角落中小茶几上的照片，若有所思，詠生口中所說的伯父總是愛抽菸，笑笑的，也常用菸表演魔術，但還是肺癌過世了。

「對了，說到這個，筱琳我有個東西要送給你們。」子旻擱下筷子說著，然後從口袋中拿出了一頭類似棉花棒，綠色柄子的東西。他一直握著柄。

「其實辦公室戀情就像玩火一樣對吧！」子旻意有所指地說著，然後點燃像棉花棒的那頭，筱琳目光盯著火把不放。

「但我相信你們仍然會有一個好結果的。」另一隻手扶住了更底下，握住底部的手突然抽了上去，捏了一捏火，火熄了，鬆開了手，變成了一朵玫瑰，筱琳看傻了眼，然後嘴巴合不攏似的，幾乎愣在那裡。

「老公你看你，把人家給嚇傻了啦！」子旻的妻子正給子旻夾著菜。

「話說子旻，爲什麼這麼早結婚啊？我一直很納悶這件事說。」詠生突然問起毫不相干的事情。

「就那時候慧如懷孕了啊，又剛好老爸生病，想說給老爸沖沖喜。」子旻說著。

「那時候我問過你，我記得你不是說大嫂沒懷孕？」詠生延續著問題，筱琳似乎反應了過來。

「懷孕前三個月，不方便透露啊！」子旻解釋著，後面房間卻傳起了哭聲。

「我去顧，你們繼續吃啊！」子旻擱下碗筷，我後面房間走去。

「大嫂，孩子多大了啊？會不會難帶啊！」筱琳定了定神，然後問著。

「一歲半了，不過就累了一點而已，何況帶小孩有不同的樂趣啊。」大嫂停了一下，然後說著。

「筱琳、慧如，喝啤酒嗎？還是喝紅酒？」子旻一手抱著小孩，一手開冰箱的門，然後用背頂著冰箱門，挑著飲料。

「嘿，孩子要抱好啊！」慧如護子心切，趕緊衝了過去。

「都好！」筱琳吃完了最後一口飯，也趕了過去。

詠生也跟了上去，於是一夥人在客廳吃飯，然後在飯廳裡喝酒聊天，眾人漫無邊際地閒聊，慧如哄著小孩，只好先離開了，

「地板怎麼在晃啊！」筱琳試圖站了起來，差點一個踉蹌把椅子踢翻，還好扶住了桌子，翻了幾個鋁罐下來。

「筱琳，喝醉了就好好休息。」詠生十分尷尬地用雙手壓下想站起來筱琳，筱琳卻好像掉了靈魂似的昏睡過去。

「要不要先送她回去啊？」子旻化解了這段尷尬，但詠生搖了搖頭。

「其實來找你是爲了工作上的事……」詠生拿出了筆記本跟筆。

「你是說『魔術』這件事？」子旻問著。

「伯父變魔術時，有用其他的道具嗎？」詠生問著。

「沒有，就兩個十元銅板而已。」子旻說著，詠生拿筆記錄著。

「所以你還記得那兩個十元銅板有什麼不一樣的地方嗎？」詠生又問著。

「沒有，就看起來舊舊的而已，然後上面都綁上了紅繩。」子旻想著，把雙手交叉。

「又覺得那兩個銅板有種說不上來的……怪。」子旻補述著。

「是上面有什麼奇怪的東西嗎？」詠生追問著，手卻不停地記筆記。

「也不是，這麼說來，說眞的那個魔術，根本是奇蹟了。」子旻讚嘆著。

「之前也去學過魔術，但每次新學一個魔術，就越覺得那個魔術神奇。」子旻懷念起過去發生的事情。

雖然子旻目前是在外商公司上班，但高中時卻是魔術社社長，對他來說至少具有專業的魔術知識，甚至有考慮放棄繼續就學當職業魔術師的他，卻始終想不出這個魔術是怎麼運作的。

「說眞的，咬幣的重點在道具，爸過世的時候，我找了老半天，從沒找到過那個道具。」子旻說著，詠生想起了高中時曾經買了個咬幣練習，幾乎花光了詠生一整個禮拜的零用錢，但結果卻是讓詠生失望的，正確來講，大部分的魔術只要了解其中的手法，就失去了當初的趣味。

「所以，你所知道的所有咬幣手法，都沒辦法解釋這個魔術？」詠生繼續問著，陷入了嚴重的膠著，他只記得伯父應該是拿出了兩個十元銅板，把其中一個咬下了四分之一。

「咬幣就是道具，手法只是爲了包裝它是道具的這個事實。」子旻把剩下的啤酒一口飲盡。

「咬幣是這二十年來才出現的東西，你確定沒記錯？」詠生昨天在圖書館的影音室待了一天，看到二十年前沒有咬幣這種東西。

「想起來了，不只是這個問題，我爸還說，這是代代相傳的一個魔術。」子旻拍了一下啤酒罐，確定裡面空了，卻丟出了兩人都想不透的問題。

詠生停住了筆，想著這問題，喝茫了的筱琳卻喃喃自語，「你的……祖先……是不是……魔術師……」講完又趴了下去，子旻沒有理他，只是開了一罐綠茶。

但卻讓詠生十分震撼，「子旻，我能問筱琳剛說的那個問題嗎？」詠生指著筱琳，吃驚地問著。

「是啊！沒錯……從我曾曾祖父那代就是魔術師了，但這很重要嗎？」子旻問著，詠生點了點頭，又翻開了筆記本，開始記錄著。

「就聽說他是自強運動的留學生，然後去國外看到了魔術讓人驚奇，所以就帶回國了，我爺爺是這樣說的。」子旻想著，把這僅有的印象說了出來。

「留學回來都會當官吧！你祖先是當什麼官？」詠生追問著。

「戶部寶泉局，忘記什麼官了，但記得是戶部寶泉局。」子旻想了很久。

「那個我再跟你確認一次，整個魔術就你看到的流程。」詠生拿出了錄音筆，看起來非常慎重，於是子旻想得很仔細。

「是這樣的，在我六歲那年生日，我爸表演了一個魔術，他咬下了硬幣一角，然後他用手遮住了斷了的邊緣，然後就像硬幣就像筍子一樣長了回來……」子旻一句一句說得清楚。

「問一下，硬幣上有什麼奇怪的地方嗎？」詠生打斷了他。

「上端綁著紅繩，然後看起來很舊。」

「那從頭到尾，伯父是不是一直遮著錢幣？」

「沒有，他中間有給我看裂痕，接下來那裂痕就消失了。」

然後兩人一陣沉默，詠生用眼神示意要子旻繼續說下去，但子旻似乎沒反應過來。

「繼續說啊！又不是演戲，我也沒有喊卡啊！」詠生笑著說。

「抱歉，第一次被偵探問不習慣。」子旻笑了笑，卻被詠生瞪了。

「然後爸他一直捏著硬幣，但他轉了硬幣，然後往外一拉，硬幣的裂痕就消失了。」

「不過那應該是第二個硬幣吧！大概就這樣吧！」子旻補充道，詠生畫著示意圖。

「好了。」詠生收起了錄音筆跟筆，但還是把筆記本握在手上。

兩人繼續閒聊，但詠生似乎累了，眼睛不知不覺地闔上了，握在手上的筆記本掉了下來，聲響嚇醒了他。

「我想我該走了。」詠生收起錄音筆跟筆記，子旻點了點頭，把視線放在筱琳身上，但她依舊睡死了。筱琳穿著窄裙，詠生也不方便背她，扛沙袋的那種背法也有些不尊重她，詠生只得新娘抱，然後往自己的可樂娜飛奔。

「那我先走囉！掰！」詠生回頭檢查了一下自己東西有沒有帶，順便跟子旻打了聲招呼。

「掰！」子旻回著，想送一程，卻又晚了，只得把門掩上，散了會。

原先這段路很短，但疲倦使詠生覺得這段路格外地漫長，車子奔馳在冷清的街道，閃黃燈一閃一滅，詠生只冷得打顫，把車上的冷氣轉開，試圖讓溫度更低一點，讓自己專注一些，直到事務所出現在詠生眼底。

依舊是新娘抱，詠生差點沒力把筱琳給摔了下去，但撐了過去，把筱琳放在會客室裡的沙發上，回到會客室旁的辦公室拿自己打瞌睡用的毛毯給筱琳蓋上，再帶上行李箱，把車門鎖上。

詠生敲了敲自己的腦袋，力圖讓自己從疲倦感中清醒，只得把杯子拎起，給自己沖了一杯咖啡，繼續負隅向睡魔頑抗，但這次失敗了。

體內的酒精作祟，讓詠生深陷睡眠之中，卻有個人影閃過，進了事務所，向詠生伸出了魔爪。

「醒醒，要睡回家睡，睡這裡會落枕。」詠生感覺到劇烈的晃動，定了定神，才看清楚了人影。

「鳳傑你怎麼回來了，早上了嗎？」鳳傑平常出完勤都直接回家的，詠生打了個哈欠，讓他的音調整個拉長、拉高。

「要不要我送你回家？」鳳傑問著，用關切的語調。

「不了，我得在六點前搞定這件事。」詠生看了看螢幕旁的時鐘，二點四十五分。

「嗯！公關小姐要顧好喔！我先走了。」鳳傑意外地關心被他造謠的人，卻沒擱下攝影機跟相機。

「大概是要回去看一遍影片跟相片吧。」詠生心裡想著，又開始轉筆，想著整件案件，手上的筆掉了下來，開了筆蓋，卻讓他想通了，然後振筆疾書，開始構圖。

本來魔術的目的就是爲了讓別人看得新奇、看得愉悅，筱琳說的也沒錯，重點不是怎麼把那咬了一塊的硬幣還原，而是魔術師想要讓觀眾開心的心情，更何況這魔術是一個傳承，是表演給最心愛的兒子看的。

但這向來不只是爲了表演而已，這個魔術表演給一個充滿好奇心的小孩看的同時，也是間接使小孩想要了解魔術的祕密，然後學習魔術，讓柳家的傳統延續下去，畢竟優伶在那年代仍是下流階層，也不能這麼明目張膽地要求小孩子成爲魔術師，但後人卻忘記這個本意，在沒有認知的情況下繼續傳承著一個最重要的祕密，而不讓孩子了解祕密。

詠生寫完了報告書，然後寄給了委託人跟老闆各一份，又看了看時間，六點三十了，卻很在意一件事，如果這個道具碰巧不是伯父用的方式，或許重點不是這個，但他不能接受結束案子的方法如此晦暗不明，彷彿去彩券行隨意打了張彩券，碰巧中了獎，然後宣稱自己已經知道今天會開什麼號碼似的，詠生每想到此，筆就越轉越急，然後掉落，撿起來，重複著這個動作。

透過玻璃窗，看到筱琳翻了翻身，詠生才意識到不能發出聲響，於是拿了根調理台的吸管，當作筆的代替。

「既然是代代相傳，伯父一定有想辦法給。」腦袋裡轉了最後一步。

當初伯父病危時，似乎塞給了他什麼東西，詠生沒看著就收下了，他突然想不起來那個東西被他放在哪？

「在置物櫃，一年前的時候醫院公司兩頭跑。」詠生想著，翻了置物櫃，畢竟徵信社屬於長時間的工作，常有沒辦法回家換衣服的時候，於是公司就設了置物櫃。

裡頭長了灰塵，放的都是他帶來打發時間的玩具，負責照顧病人的那幾天，讓他習慣了沒有時間玩的這件事，於是就沒再開了這個櫃子，翻了一件他再也沒穿過的外套，兩枚光緒龍銀，終於讓他鬆了口氣。

「該去買早餐了！」詠生嘀咕著，筱琳陪了他一整天，縱使帶給他的總是麻煩，但沒有功勞也有苦勞。早餐擱在會客室的桌上，詠生拍了拍她的肩膀，想叫醒她。

「詠生，你眞讓我失望！」筱琳揉著惺忪的睡眼說著。

詠生只差沒賞筱琳一臉奶茶，一個男生面對充滿誘惑的女生，不但沒有趁機非禮，還在不知道那女生住址的狀況下把女生照顧得服服貼貼的，甚至請了一頓早餐。

「請問大小姐，在下有哪邊服務不周？還請您指點指點！」詠生搖了搖頭，嘴裡說的是一套，心裡念的是一套。

「我不是說早餐的事，我是說那件案子！」筱琳糾正著詠生。

「原來妳聽到了！」詠生笑著，繼續啜著奶茶。

「我都給你提示了，猜不到該怪誰？QK神探？」筱琳笑著，用濕紙巾擦掉臉上的妝。

「你是說，裝醉這回事？對一個熟女來講，沒辦法拿捏自己的酒量是很可疑的事。」詠生笑了笑，講話帶有諷刺的意味。

「別這樣講，我才二十三歲而已好嗎？」筱琳給了詠生一記白眼，詠生才意識到年齡是不可觸碰之雷區。

「演技不錯！」詠生只好收斂起吐槽的口吻。

筱琳手扶住額頭然後笑了，「QK神探，那你倒是猜猜我要怎麼吐槽你？」笑聲加上高的音調讓筱琳很像白雪公主的的壞皇后這種角色。

「我不想吐槽妳，妳還是喝妳的奶茶吧！」詠生笑了笑，依舊一派輕鬆的口吻。

「能把聽了兩枚十元硬幣，跟代代相傳兩件事合理化的大偵探，只有你囉！」筱琳笑著，開始啜飲著馬克杯中的熱奶茶。

詠生不急著反駁，示意筱琳繼續，「所以才說這魔術不重要！因爲根本不存在代代相傳的魔術這件事！」筱琳飲罄最後一口杯中的飲品。

「妳要不要來杯熱奶茶？」詠生就像笑開的金光黨，要跟筱琳欺詐什麼似的？

「QK神探，你認輸了嗎？」筱琳問著，遞出了馬克杯。

「不！我要喝咖啡，不能在吐槽當中睡著啊！」圖窮終究七見，詠生簡單在料理間處理了杯子，然後又沖了一杯即溶奶茶跟一杯三合一咖啡。

「那我就放這囉！」詠生笑著，這笑臉自信得讓筱琳有些害怕。

「我們先來聊聊子旻的祖先吧？」詠生說著，把話題岔得很遠，似乎沒把筱琳的推理放在眼裡，但筱琳卻讓詠生繼續。

「吏、戶、禮、兵、刑、工通稱六部，是中央行政單位，寶泉局歸在戶部底下管的，寶泉你覺得是什麼意思？」詠生不懷好意地問著，然後對著筱琳使了一個奇怪的眼色。

「管水的吧！不對，管水應該是工部！」筱琳有些驚慌，但沒有因此失去推理能力。

「那時候沒自來水，不管管井的還是管河的，不可能以戶作爲單位，更不可能由戶部負責。」詠生翻開了筆記本，展示著查詢的資料。

「寶這字在這詞不作爲形容詞，而是名詞，指的是通寶，管的是鑄幣，而且是銀幣。」詠生信誓旦旦地說著。

「銀幣！爲啥是銀幣？」筱琳追問著，但卻想通了。

「是因爲十元銅板的顏色嗎？」筱琳馬上丟出了推測的答案。

「加上銅錢中間穿個洞，就這魔術來講根本不可能。更重要的是，銅鏽是綠色的，銀鏽是黑色的，應該是這點讓子旻覺得很奇怪。」詠生笑了笑，算是替筱琳補充說明。

「可是……」筱琳試圖提出反駁。

「在二十年前或更之前看不到咬幣，不代表，光緒年間就不能有咬幣。」詠生似乎猜到了，他也只能這樣解釋，這魔術顚覆了某部分的魔術歷史。

「不，我想問的是，既然是魔術的話，表演給誰看應該都不是問題，那爲什麼是代代相傳。」筱琳點出眞正的問題。

「這個魔術要是被其他人知道的話，可是會出人命的。」詠生一臉嚴肅。

「以那時代的角度來看，仿造銀幣是欺君之罪啊！」詠生用了個強調的口氣。

「所以才不可能表演給別人看？」筱琳一派疑惑的神情。

「接下來才是重點，關於整個魔術的流程，妳要聽嗎？」詠生細聲問著，怕直接打斷筱琳的思考。

「想聽嗎？要付出代價的！」啜了熱咖啡一口，突然板起面孔來。

「如果你跟我說的話，我可以告訴你我找你的動機。」筱琳試圖丟出有利的條件。

「不，我不是說這個，重點不是這個，當妳知道這祕密之後，妳就不會對這魔術有任何興趣了，我說眞的。」詠生語重心長地提醒筱琳，筱琳卻點了點頭。

「那我說囉，這魔術需要一個道具幣，一個正常銀幣，是還需要一點點手法啦。」詠生拿了兩個十元硬幣。

「道具幣是中空的，內裡有另一個子幣，子幣並非正圓形，而像兩個被鋸了前端的硬幣併在一起。」

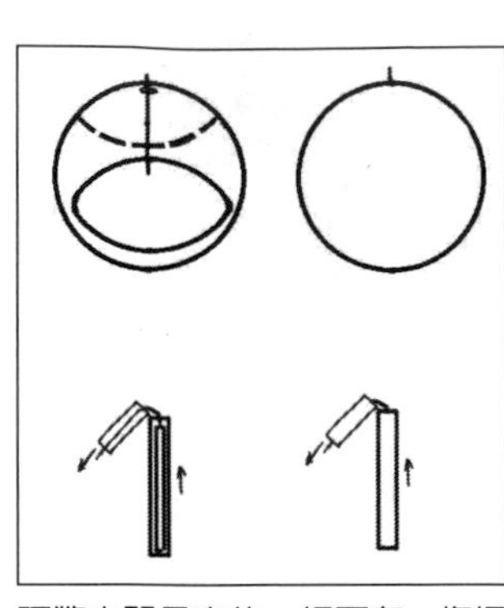
硬幣中間是空的，裡面有一條繩子連著橢圓形子幣。

詠生讓兩個硬幣疊在一起，遮去其他部分，整出樣子給筱琳看。

「子幣朝裂縫那端有孔，上面綁上了棉繩，而可以被咬下的那四分之一塊硬幣，也有個小孔一樣綁上棉繩，棉繩短了一些，讓上幣可以因爲重力吻合整塊錢幣，上下兩個就連結在一起，對吧？」詠生向筱琳確認著。

「如果只是這樣打結，拉起來會很奇怪。」筱琳說著，拿著兩個堆在詠生辦公桌上的木板，打了兩個結，卻發現上面那塊底下卻露出了紅繩，直讓筱琳搖了頭。

「誰叫讓棉繩從外面往裡面綁的，從裡面鑽出去打結。」詠生笑了笑。

「這樣打結，把上幣拉開時上面的樣子就會完全一致。」詠生拿起了圖畫著，把木板上的死結轉向裡面，上幣的繩環也在上面，下幣的結在拉的時候把線收向內側，繩環也在上面。

「於是魔術就開始了。」詠生拿起了兩個硬幣，只能示意。

「拿到嘴巴，往下剝開，用食指和拇指夾住整個母幣，大拇指遮住棉繩，然後輕輕把繩子往下拉，露出底下的子幣。」詠生用動作在硬幣上解釋著，筱琳則是努力想像這是個道具幣。

「接下來這有點複雜，我得另外說明。」詠生說著，拿起了奇異筆在幣上點了一點。

「其實手裡有夾另外一個錢幣，把道具幣轉一百八十度，實際上轉出來的是另外一個硬幣，然後平行的往外一拉，就變成了正常的硬幣了。」詠生轉了點了的硬幣，轉出來的卻是沒有點上黑點的硬幣。

「就這樣，道具幣在這，但我沒有權利去用它。」詠生亮出了兩枚很舊的光緒龍銀，其中一枚有著一個不容易瞧見的裂痕。

「嗯，原來如此啊！」筱琳撫了撫掌，給了詠生一連串的掌聲。

「所以妳認輸了嗎？鳳傑的妹妹。」詠生給了筱琳一個陰寒的笑臉。

「嗯？」筱琳驚訝著。

「鳳傑來過一趟，平常他出勤是不會回來的，我想他是來看妳還在不在。更何況，解不是大姓，強調不一樣只會讓我朝原本一樣推論。」詠生說著，筱琳並不清楚鳳傑來過。

「妳到底想要做什麼啊？」詠生問著，他始終弄不清楚筱琳到底是為了什麼接近他。

「就想玩玩而已。」筱琳說著，卻讓詠生露出吃驚的神情。

「我指的不是那個！」筱琳看出了詠生的疑惑。

「只是想要找個機會跟你比比看而已，沒什麼。」筱琳露出了笑臉。

「特地請鳳傑傳遞錯誤的資訊，還天天這樣嚇我，還真的沒什麼哩！」詠生板起面孔，諷刺地說著。

「嚇你只是為了贏你而已。」筱琳拿起了濕紙巾把剩下的妝都給卸了。

「這根本不是公平的競爭。」詠生則是收著早餐的盒子。

「哪種競爭是公平的？」筱琳笑著反問，詠生搖了搖頭，站起來走去丟了垃圾。

「妳不化妝比較好看，眞的。」詠生晾給了筱琳一個背影，這句話完兩人只有沉默。

「我該走了，幫我跟老闆請假。」詠生背起行李袋，逕自向外走去，行走間打開手機撥了通電話。

「詠生你太超過了，這麼早打電話來？」電話另一頭說著。

「那個，整份報告書，我E-MAIL過去了。」詠生說著，停下了腳步。

「那你們的費用怎麼算的？」電話另一頭問著。

「總共用了我三天工作日，一天是五千，總計一萬五。」當然詠生沒算熬夜加班的錢。

「蛤？是喔！這麼貴。」電話另一頭抱怨著，但也因爲詠生跟子旻非常地熟，才敢這樣直接的抱怨。

「你該不會想要用什麼親情無價之類的話來說服我吧！」詠生笑著直接推算子旻會用的手段，但對方卻被嚇得愣住了。

「乾兒子彌月酒的一萬塊錢紅包還沒給，那天吃你家的晚餐錢五千元，這麼一折，你好像不用付錢說，根本賠本生意。」詠生說著說著，卻把所有的費用都折掉了。

「一萬五換一個乾兒子算很賺了好不好！」電話另一頭說得搞笑，卻證明了兩者的友誼。

「QK神探，最後再問一個問題，爲什麼你後來不玩魔術了？」QK神探這四個字讓詠生聽得刺耳，但早被提醒過這不是公平的競爭了，所以也只能習慣了。

「魔術師利用祕密製造驚奇，當偵探的目的就是把祕密挖出來！所以那次去了推理社，我就知道我回不來了。」詠生只能無奈說著偵探的悲哀。

「其實我想知道，爲什麼你非要知道這魔術的手法不可？」詠聲問著，電話另一頭卻停了很長的一下。

「我希望……我能夠……帶給小孩，我六歲時發生的奇蹟。」電話另一頭的聲音早已哽咽，大概是壓抑已久的情緒終於爆發了，詠生彷彿能想像到，伯父長了繭的大手，笨拙但確實的，對七歲的自己展演著這個魔術，雖然稱不上是天衣無縫，但也可圈可點了。

「得親自送過去了。」詠生握著兩枚光緒龍銀心裡嘀咕著，但眼眶紅了一陣。

（第三屆聯盟徵文佳作，原發表於二〇一二年）

【作者簡介】

殺人種樹

中正推研的老人，不過依舊認為自己是讀推理小說的新人，同時熱愛相聲、漫才，猶愛東川篤哉可以滿足兩種需求的作家。

【解說】

魔術師偵探智破〈兩分錢幣〉

呂仁

「魔術」在推理小說中是個有趣的題材，日本推理作家泡坂妻夫本身是業餘魔術師，他筆下《11張撲克牌》就是發生在魔術社團公演時的案件，另一系列則以女魔術師「曾我佳城」爲主角大活躍；推理漫畫「金田一少年事件簿」中也屢次出現魔術師與偵探對決的案件。我想魔術的不可思議、與推理詭計中的不可能犯罪是同樣地吸引人，相同的，在魔術手法破解後、做案手法揭露後，觀眾╱讀者能夠得到恍然大悟的樂趣。

本篇篇名〈兩分錢幣〉很明顯是想向江戶川亂步的處女作〈二錢銅貨〉致敬，內容則是講如何破解祖傳的「咬幣」魔術。偵探受僱破解魔術，這可奇了，一般說來觀眾欣賞的是魔術帶來的驚奇感，不見得想要了解魔術背後的手法，畢竟手法一經揭露，欣賞魔術的滿足馬上大減，難道是敵對的魔術陣營想要了解對手的技法嗎？作者不是這樣寫，作者賦予了一個感性的背景，委託人想要知道過世父親所表演的代代相傳魔術究竟是怎麼一回事，所以找了位待過魔術社的偵探來解開謎團。

本案可說是某種程度的「一案雙破」，儘管閱後滿足感不太夠，雙破皆各有若干不足。第一破是偵探蕭詠生指出何以咬幣魔術要代代相傳的目的，但這個解法並未說明咬幣魔術是如何做成的；第二破是偵探解說咬幣魔術的奧妙，但偵探是找到了祖傳的咬幣道具才識破手法，沒有非常符合作者賦予偵探「QK神探」（意指三小時內必破案）的「神探」美名。

讀畢本作可推測作者對魔術有深入造詣，期待作者繼續融會貫通魔術與推理，帶給推理讀者更多魔術樂趣。

【作者簡介】

呂仁

推理迷，一九七八年生，曾為暨南大學推理同好會與中正大學推理小說研究社創社社員，現隱姓埋名於楊梅壢老人坑，著有短篇推理小說集《桐花祭》。部落格：《呂仁茶社話推理》lueren.pixnet.net/

發條紙鳶

菜民

放學時間。

夏末的午後總是充滿溽熱與微風的纏綿，在這城市裡圍繞人們打轉著。國小的門口停滿轎車、機車，還有安親班的娃娃車，等待他們甜蜜的負擔。

「小書掰掰！」從四年甲班的教室走出來後，大家都跟柯立書說再見。但走出校門後，只見柯立書自己一個人走回家。成績優異的小書，在班上人緣也不錯，回家的路上就他孤零零的實在說不過去。但像是隔壁的阿呆，每天放學後都要去補珠算心算；小美的媽媽焦急地在校門口踱步，只因爲怕小美跟小書多聊幾句而耽誤了跟鋼琴老師約好的時間。唯獨小書沒有這些煩惱和負擔，但卻也讓小書狐疑，爲什麼只有他不用上補習班、才藝班？

「媽媽我回來了！」走了十分鐘，終於回到家裡的小書，乖乖把書包放好，拿出今天的作業，「趕快寫完就可以到河邊去放風箏了！」

剛從工廠下班的媽媽正在廚房裡準備晚餐，相依爲命的母子倆住在不起眼的出租小矮房。昏黃的燈光讓小書功課寫得有點吃力，不過他還是努力而專注將它們給完成。廚房裡淡淡的油煙味，讓小書覺得很安心。

「媽媽我寫完了！我要去放風箏了哦！」牆上的鐘輕敲了五下，不過媽媽似乎沒有仔細聽，因爲老舊抽油煙機的聲音實在太大了。小書來到廚房，再告知媽媽一次，「我要去放風箏囉！」

媽媽擦了擦額頭上的汗珠，一手拿著鍋鏟，「啊，小心一點哦，不要玩到太晚，注意安全啊！」

每個傍晚，是小書最開心的時候。當其他同學們都在才藝班裡學著書法、小提琴、繪畫……小書則是拿著風箏，沿著小學後面的小路，一直走到河岸邊，那裡是他的祕密基地呢。因爲沒有其他小朋友會跟他搶。

把風箏攤開放在地上，小書熟練地一手把線高高舉起，確定風向後，開始逆著風向前跑。夏日午後的西南風讓人微醺，小書奮力地直往前衝，享受與風箏競速的感覺。慢慢的，淡黃色的風箏正脫離地心引力的束縛，往天空飛去。回頭望了望，這才發現，原來遠處也有人在放風箏呢，天空中的兩隻紙鳶，靜靜打著初次見面的招呼。小書看著跟夕陽中的風箏，覺得風箏好像要被夕陽吃掉了一樣，飛得好遠好遠哦。老師有說過一個伊卡洛斯的故事，如果太靠近太陽可是會被融化的唷，就會像沒有上緊發條的玩具一樣，「咚」地墜落哦！這樣，還是不要讓風箏飛太遠好了……想著，小書稍稍握緊了風箏的線，想要把它拉下來一點。不過今天的風還眞是喜歡跟小書惡作劇呢，風箏還是賴在橘黃色的晚霞裡不肯下來。

「啊！」突然一陣強風吹來，小書反射性把風箏線收回了一點，卻因此讓線和風箏脫離了！風箏隨著強風，最後墜落到河的對岸。小書有點慌了，「怎麼辦！我要過去撿嗎？可是繞過去的話要好大一圈，這樣一定會來不及回家的……」想到這裡，小書的淚水都快從眼眶漫出來了。

這時小書聽到背後有人踏著草地走近他。「弟弟，風箏飛走了？」是一個看起來斯文的大哥哥。他是剛才天空中另一面風箏的主人嗎？

「要不要我去幫你撿回來？」

小書心想，現在也只有這個方法了。這個陌生的大哥哥，應該不會是什麼壞人吧？不過老師有說，不要隨便和陌生人太靠近，不然就會和伊卡洛斯靠近太陽一樣，很危險哦。

「呃……我……」

「掉在哪個方向啊？從這裡實在看不太清楚……」話還沒講完，陌生的大哥哥正打量河的對岸。

「不然這樣好了，哥哥這個風箏先送給你，你趕快回家吧！天色也晚了，你看，都已經五點半了唷，不要讓媽媽擔心！」原來大哥哥的手上也拿著一個風箏，小書這時候才注意到。

小書有點擔心地看了看錶，再抬頭看了一下陌生的大哥哥。「可是……老師說，不可隨便接受陌生人的禮物耶……」

「哈哈哈，不用擔心啦，哥哥不是壞人，不會怎麼樣的啦。我只是也喜歡放風箏，我家有很多風箏哦！沒關係啦，快快，弟弟趕快回家吧！」陌生大哥哥催促著小書。

小書遲疑了一下，還是決定把風箏收下來。「大哥哥謝謝你！你明天還會來這裡放風箏嗎？」

「嗯，如果我有空就會過來哦！好啦，快回家吧！掰掰！」

這個大哥哥看起來人還不錯，明天一定要好好謝謝他！小書心想。他仔細看看這個風箏，感覺有點髒髒的，但是看起來還算新。回家先把它洗一洗吧！

「媽媽！我的風箏飛走了！」小書一回到家，趕緊跟媽媽報告這個悲慘的事。

「咦？那你手上這個風箏是哪來的？你不會亂拿別人的東西吧？」媽媽看著這個陌生的風箏，疑惑問道。

「是一個大哥哥說要給我的啦！他看我風箏飛走了，就把他的風箏給我。他說他家裡有很多風箏，給我一個沒有關係。」

「唉，不是跟你說過嗎？不要隨便收人家的東西！算了，下次看到他，可要好好謝謝人家哦！好了，快洗手吃飯吧！」

＋　＋

吃飽飯，小書拿起他新得到的風箏，決定把它洗乾淨，然後晾乾，這樣看起來應該就會跟新的一樣了吧！小書把風箏拿到浴室的洗臉台，扭開水龍頭。風箏的布面沾了一些泥土和草的痕跡，看起來像是在草地上磨過。說不定是在河岸那裡弄髒的。風箏線聞起來有奇怪的味道，但一時也想不起來。「好奇怪哦，大哥哥不是喜歡風箏嗎？怎麼會把風箏弄得這麼髒啊？」

這時候，媽媽恰巧從屋外回來，晚餐後的夏夜是街坊鄰居八卦訊息交流的好時機。「小書啊，你在幹嘛？晚上還拿著風箏做什麼？」

「我在幫風箏洗澡啊！它看起來髒髒的，想說把它洗乾淨……」

「不是跟你說過嗎？用水要用在眞的需要的地方！你明天去河邊跑一跑，風箏還不是會髒掉？好了，風箏給我，你快去洗澡。」

「可是……」小書一時也想不到什麼理由反駁。於是剛才本來要洗風箏的那些水，只好拿來洗臉囉。

＋ ＋

隔天放學，小書繞到河的對岸，想去找找他昨天飛走的風箏是不是還在那裡。可是河邊有好多警察。在好奇心的驅使下，小書偷偷跑到警察附近探頭探腦，想知道到底發生什麼事。

「咦？為什麼警察要在那邊？我的風箏呢？」

「哈囉，小弟弟，這裡今天不能來哦！先回家不要讓媽媽擔心。」一位警察叔叔笑著輕摸小書的頭，用身體擋著不讓他看。

「哦……那警察叔叔你們有沒有看到我的風箏？昨天我的風箏飛走了，好像掉在這附近耶……」不知為什麼，警察們交換個眼神。「小弟弟，你的風箏長什麼樣子？」

「就是一個淡黃色的風箏，上面有皮卡丘的圖案，只是它有點舊了……」小書有點不好意思地說。站在小書面前的警察沉思了一會兒，「那，小弟弟你先回家吧，我們再幫你找找看哦，回家路上要小心哦！」邊說邊把小書趕離河岸。

看來今天沒辦法放風箏囉，今天也沒看到大哥哥。小書心想。看這個樣子，該不會有什麼奇怪的事件發生吧？回家問問媽媽，她說不定會知道哦。

「我回來了！」

「今天怎麼那麼晚才回家？不是說放學後就要趕快回來寫作業嗎？」

小書這才發現，自己為了找風箏，完全忘記要先回家寫完功課才能出去玩這條家規！「啊，媽媽，我今天是繞去找昨天的風箏啦，可是河那邊有好多警察耶，媽媽妳知道那裡發生什麼事嗎？」小書趕快把焦點轉移到這件事情上，免得又挨罵了。

「這……小孩子不要問太多。對了，聽好了，最近不准去河邊放風箏，知道嗎？」媽媽看起來面有難色。

「嗄！為什麼？那我功課寫完以後要做什麼？」小書完全沒想到，自己放學後的樂趣就這麼突然被剝奪！「不能放風箏，那我要做什麼啦！」

「好了好了！別鬧了，你先趕快去寫功課，今天你也玩夠啦，明天你再看小美或阿呆他們有沒有空，一起去公園玩吧。」說完，媽媽轉身進廚房去。

「……」小書拿出作業，開始寫生字練習。什麼嘛，小美和阿呆都要去上才藝班啊，沒有時間陪我玩……

小書看了看昨天大哥哥給他的風箏，髒髒的還沒洗。大哥哥今天會去放風箏嗎？

＋　＋

「欸！昨天我馬麻跟我說一件超可怕的事耶！」一大早的打掃時間，小美神祕兮兮卻又一副迫不及待的樣子，邊掃地邊湊向阿呆和小書。

「啊，是什麼事啊？」阿呆一副還沒睡醒的樣子，拿著竹掃把在同樣的地方揮著。

「阿呆你這樣哪叫掃地啊！你看你把我剛聚集在一起的樹葉都弄亂了啦！討厭鬼！」小美看到阿呆的呆樣，忍不住想拿掃把敲他幾下。

「好啦！小美妳說什麼事啊？這麼恐怖的的樣子？」小書很好奇。對於一些古怪恐怖的事情，他總是特別感興趣。

「昨天我上完鋼琴課回家的路上，我馬麻開車載我經過河堤那邊，看河岸下面那裡圍了好多的警察哦！我馬麻就下去問發生什麼事情，結果你們知道嗎？」小美嚥了一口口水，「那裡居然發生了可怕的殺人事件耶！」

「哇！是柯南演的那種殺人事件嗎？」小書興奮地叫了起來。「難怪那些警察叔叔昨天不讓我去那邊，我媽媽這幾天也不讓我去那邊玩！」

阿呆看起來一副驚嚇的樣子，「嗄！好可怕哦，以後都不敢去那裡玩了啦！」

「不會啦！那小美，妳馬麻還有打聽到什麼消息嗎？」

「嗯，她說警察叔叔說，有一個人被勒住脖子，倒在河岸的草叢那邊哦！就是草比較長的那邊啦！不是我們之前會去玩的那邊哦！」小美驕傲地把她所知道的情報都告訴給好奇的小書。

「哦！聽起來好可怕喔……可是害我想要回家後去那裡看看耶！柯南不是都會到案發現場找線索嗎？我們也可以跟柯南一樣，去案發現場找找看，你們說好不好？」

阿呆還是重複掃同樣的地方，但看起來帶了點焦慮，所以揮動的頻率更高了。「這個……不太好吧？雖然我今天不用去珠算班……」

「這麼巧！」小美高興叫道，「今天小提琴老師也剛好請假耶！她說我今天可以不用去上課唷！那我們一起去嘛！好刺激耶！」

阿呆看小書和小美都那麼熱血沸騰的樣子，自己可不想被當作膽小鬼！

「唔……好吧……走就走！」

＋＋

河岸一邊的蘆葦輕輕在暮色中搖曳，另一側幾個孩子難得輕鬆地嬉鬧。有幾面風箏在彩霞裡悠遊。

「就是這裡！昨天我馬麻說警察叔叔他們就是在這裡發現屍體的唷！」小美興奮地當嚮導，帶著寫完作業的阿呆和小書到河岸邊。

「唔！眞的耶，我昨天要來找風箏的時候，也是在這裡呢！你們看，電視上不是都會看到案發現場有這種黃色的塑膠條嗎？把現場圍起來不讓人家進入！」小書看起來一副熟練的樣子，有模有樣繞著封鎖線周圍打轉。

不過似乎看不出什麼端倪。重要的證物，當然都被警方拿回去調查；現場的情形，想必警方也已經做足了蒐證、拍照。但小書他們仍樂於玩著他們的偵探遊戲。

「奇怪怎麼都沒有血跡啊？案發現場不是應該都會有很多血嗎？眞失望……」在蘆葦中繞轉了一下，小美對於沒有發現任何新的情報感到有些落寞。

「那……」阿呆終於說話了，「我們可以不要在這裡玩嗎？反正該做的事情警察叔叔們應該都做過了……我們到河對面那邊去好不好？」

「說的也是耶，阿呆你好聰明！走吧走吧，我們去放風箏好了！小書你不是有帶風箏來嗎？」

「可是……」看著一下子就見風轉舵的小美和對案件沒興趣的阿呆，小書也拿他們沒轍。

＋　＋

警局裡，專案小組的會議剛開完。

李組長眉頭一皺，若有所思漫步走向停車場。

死者的發條錶停止的時間是在下午五點三十分，那……就代表著遇害的時間嗎？經過打鬥而掉落的錶，常理來說這樣推論不算有錯。更何況法醫的驗屍報告也指出，遇害的時間也的確在那附近。但，這該不會是兇手故布疑陣？但根據死者家屬的證詞，死者因爲是大老闆，非常注意時間，手錶總是一秒不差呢。但當時河堤那邊，鮮少有人經過，也問不出個所以然……另外，通聯記錄顯示，在下午五點三十分的時候，死者也曾經接過電話，但卻沒說什麼就被切掉了。難道當時兇手還在旁邊？或是死者還活著？

想到這裡，李組長的眉頭皺得更緊了，快鎖起來那般。

李組長扭動一下鑰匙，引擎聲迴盪在警局地下室的停車場。輕輕踩著油門，慢慢駛向回家的路。

「唷，阿呆今天在學校過得好不好啊？」李組長一回到家，看見坐在客廳看電視的阿呆，深鎖的眉頭總算獲得一點紓解。

「啊，爸爸回來了！我今天不用去上珠算，所以就跟小美和小書去河邊玩了耶！」阿呆看起來很高興，「我們還放了風箏哦！」

李組長一聽，眉頭又再度皺了起來。「阿呆啊，爸爸昨天不是就跟你說過了，最近不能到河堤邊去玩的嗎？怎麼又不聽話了？」

「沒有啊，爸爸你又沒有跟我說……」

李組長這才想起來，原來自己從補習班接阿呆下課時……是那時說的。看來阿呆已經累得睡著了吧。當時滿腦子都是這起絞殺的案子……

「哈哈，那沒關係，今天就算了，你玩得開心就好！但是記得哦，明天不准再到那邊去，知道嗎？」

阿呆轉頭回去盯著電視螢幕，「……明天要上水彩課，沒辦法去玩啦，爸爸不用擔心……」

「……」李組長一時語塞。他第一次聽到阿呆說出這樣的話，實在有點驚訝。自己到底都給孩子些什麼了呢？

「阿呆啊，來，爸爸剛買的便當哦，趁熱吃吧。」他把便當拿出來，放在客廳的桌子上。「對了，你要不要跟爸爸說一下，你們今天在河邊都玩了什麼啊？」

阿呆拿起筷子，夾起便當的炸雞排，咬了一口。「唔嗯，因爲小美說她馬麻說河邊有可怕的殺人案件，所以她和小書就拉著我一起去探險……可是我覺得很可怕耶，後來我們走了五分鐘到對面的河岸那裡放風箏！那裡的草沒有那麼長，就可以跑好遠好遠，讓風箏飛好高好高！」

李組長好久沒看到阿呆這麼高興的表情了。但……

「這就是我跟你說不要去河邊玩的原因啊！好了，快吃吧。」

聽到自己兒子提到了這案子，他又再度陷入了沉思。

＋ ＋

奇怪，那個大哥哥昨天今天怎麼都沒出現啊？小書疑惑著。

「媽媽，今天玩得好開心哦！小美和阿呆終於有時間跟我一起玩了！」因為過度興奮，小書在晚餐時間不小心跟媽媽透露了違規的事實！

媽媽臉色一沉，「我不是說過最近不要過去那裡嗎？怎麼講不聽呢？你再去那裡玩，我就把你的風箏沒收！」

「噢……好啦。」難得可以分享祕密基地給好朋友們知道耶。算了，明天小美和阿呆應該也沒空吧，我自己再去找新的祕密基地玩吧……小書想。

＋ ＋

這是個悠閒的週末午後。

雖然說是週末，但小書的媽媽還是要到工廠加班，而阿呆、小美也跟大人一樣忙碌。小書總覺得這樣跟他們實在格格不入，好像自己跟他們是在不同的世界。

「好想去河邊放風箏哦……」小書玩弄著髒髒的風箏。早上就把這兩天的作業全都寫完了，到了下午眞是無聊到發慌。「可是答應媽媽不可以到河邊去玩的……而且媽媽不在家，還是不要亂跑好了。」

想著，就直瞪著窗外發呆。同學們都做什麼呢？上次小美說，她難得有一次週末不用上舞蹈課，她把拔和馬麻就帶她去日月潭玩了兩天一夜，還去坐纜車耶。她說，就好像在天空上飛一樣，有點可怕，但是從上面看日月潭的風景，真的好漂亮唷！

不知道從天空看著地面上會是什麼樣子呢……

正想得出神，突然響起了敲門聲。小書心頭一震，稍微提高了警覺。

「小書你在家嗎？我是阿呆！」

「哦！我在家啊！等等哦！」奇怪，阿呆今天不是要上繪畫課還是什麼的嗎？這時候怎麼會來我家啊……小書想著，打開門。

「阿呆你今天不用上課嗎？怎麼會跑來找我？」

「我爸爸說今天下午想帶我去外面玩！我問爸爸說可不可以跟你一起去河邊放風箏，我爸爸說可以！走吧！」阿呆看起來有精神多了。平常看他都一副睡眼惺忪、畏畏縮縮的樣子，難得看他神采奕奕，讓小書心情也跟著愉悅起來。

「那我先打電話跟我媽媽說！等我一下哦！」小書說著就進去拿起電話，撥了媽媽的手機。

「哦，那你要乖乖聽李伯伯的話哦，不要給他添麻煩了！還有，出門記得要把門窗都注意一下，不可以讓壞人跑進去，知道嗎？」媽媽聽起來有點累的樣子。

＋　＋

有多久沒有跟小孩子一起玩了？李組長自己也不清楚。不過可以確定的是，看著這兩個小男孩在河邊奔跑，讓風箏緩緩升空，著實讓他皺著的眉頭鬆開了些。

但河的對岸就是案發現場。某大集團的少東在那裡遇害，這可是一件大案件哪。勉強空出的半天假，居然還要「故地重遊」。想到這裡，李組長嘆了一口氣。

「爸爸！你看！小書的風箏飛得好高哦！」兩個孩子高望著天空上的風箏，興奮得大笑。阿呆盯著風箏，「如果我能跟風箏一樣，想飛去哪裡就去哪裡，那該有多好……」

「可是不行啦！老師說不能飛得太高，不然會像伊卡洛斯一樣掉下來耶！就像沒有上緊發條的玩具哦，很可怕耶！」小書盯著風箏跟阿呆說。

「但是我覺得上緊發條的玩具，一直往前衝，才很可怕吧！說不定伊卡洛斯就是發條上太緊，才會飛得太靠近太陽哦！」

「……」好吧，今天就不想案子了……李組長微笑了一下。

「阿呆啊，爸爸去那邊買個風箏，你和小書要乖乖不要亂跑哦！在那裡而已，很快就回來！」河堤的上面有個賣風箏的攤販。李組長想，不要走太遠去買，不然兩個小孩子在那多危險啊！這裡還好，不會讓他倆遠離視線。

「唷！弟弟，你又來放風箏了啊！」聽到聲音，兩個孩子才注意到有人接近他們。看來風箏眞有種魔力，讓人的注意力都到九霄雲外去了呢。

「啊！就是這個大哥哥！阿呆，就是那個大哥哥給我風箏的唷！大哥哥謝謝你！」小書一看到是幾天前的熟面孔，開心地跟阿呆介紹。

阿呆倒是對陌生人有點戒心，只默默對他笑了笑。

「哥哥今天沒有帶風箏來放耶，不過沒關係，我看你們放風箏！」說著，就逕自在草地上坐了下來。

「對了，你們住哪裡啊？」

李組長遠遠看到有人接近兩個小男孩，便死盯著那個陌生男子看。而後，慢慢走近他。

「阿呆，這位是……」

「李伯伯，他是一個好心的大哥哥啦，就是他送我風箏的哦！前幾天啊我的風箏在這裡飛走了，就是這個大哥哥把他的風箏送給我！」小書搶著跟李組長介紹這位斯文的大哥哥。

「……哦！先生你對小孩眞好！眞是個好青年呢！哈哈哈……」李組長總覺得這個人有點面善。

「這，不會啦。」斯文的年輕人站了起來。「我家也滿多風箏的啊，從小就跟他們一樣喜歡放風箏……」他看了看錶，「時間也不早了，等等有約，那不好意思，我先走囉！」說完，就快步離去。

「大哥哥掰掰！」小書跟大哥哥道別後，繼續看著他的風箏。

李組長望著那名陌生青年的背影，總覺得……

＋＋

「果然沒錯……」

「哈啊……嗯？哈囉，組長不好意思，你的意思是？」剛偷打完哈欠的警員還有點精神不濟。「對了，組長啊，你不是請半天假嗎？怎麼這麼晚又跑來啊？」

「不，」李組長皺了一下眉頭，「還不是很確定……」

翻了翻那名少東慘遭勒斃的案件重要關係人名單，果然昨天那名眼熟的陌生青年，是少東的玩咖酒肉朋友之一。

有必要多調查一下他。

＋　＋

晚餐後，李組長到柯家拜訪。

「不好意思耶，李組長，家裡沒有什麼好東西招待你，你等等哦！我去切個水果……」

「柯太太別麻煩了啦，我只是想跟你們家小書聊聊，不用太客氣。」

小書的媽媽一聽到警察要找小書「聊聊」，看來有點緊張。「那個……我們家小書做了什麼嗎？他平常啊都乖乖地回……」

「不是不是，」李組長連忙解釋，「小書很乖啊！只是我有些事情想要問一下小書啦，柯太太別緊張！」接著，他把臉轉向一直在一旁默默聽著的小書。

「小書，李伯伯問你哦，你那天在河邊放風箏的時候，記得風往哪邊吹嗎？」

「嗯，我記得風是從太陽下山的那邊往我這邊吹……」

「這麼說是吹西南風囉……那麼，你記得那個給你風箏的大哥哥是什麼時候出現的嗎？」

小書想了一會兒。「大概……他那個時候跟我說很晚了該回家了，好像是五點半吧！嗯對！是五點半！我那時候還看了一下手錶哦！」

手錶……五點半?那不就是現場那隻錶停的時間嗎?這麼說，那個年輕人不在現場?的確，雖然那邊的蘆葦長到可以掩蓋人的蹤跡，但一個在五點半跟小孩子說話、給他風箏的人，有可能會……嗎?

不過這下子可好，至少可以證明那年輕人做了僞證。調查過程中，年輕人居然說他那時不在附近。

不對，那爲什麼他又要特地讓小書爲他證明他不在現場?哎呀，不可以先入爲主……冷靜冷靜，還不確定他就是兇手呢。

「小書，可不可以借我看看大哥哥給你的風箏?」

「嗯，好哇!可是它有點髒髒的……」小書進去房間，把風箏拿出來。

李組長一看到風箏，眉頭倏地皺了起來。

「這……」

這傢伙也太狡猾了吧，居然叫小孩子做這種事!不過話說回來，如果眞的是這傢伙……那他怎麼辦到的呢?從河的此岸到彼岸，最快也要五分鐘的時間。還有手機，通聯記錄顯示的時間也是五點半，假設那傢伙是兇手且還在案發現場，也接起了電話……不可能啊!就算把手機丟過去，又不是奧運國手……

李組長的腦海裡突然浮現了阿呆的臉。我的乖兒子還在家裡呢……他要的是什麼呢?我眞的有盡好一個做爸爸的義務嗎……在空中飛……

「李組長，你要不要喝杯茶?我看你氣色不是很好，最近爲了案子很累哦?」

小書媽媽正準備轉身要進廚房。

「柯太太，不用麻煩了！我想也差不多該回家了，明天有一場硬仗要打呢。對了，小書，明天星期日哦，李伯伯下午再帶你跟阿呆到河邊放風箏，好不好？」

＋　＋

「奇怪，不是只有李伯伯要帶我們來玩嗎？怎麼多出這麼多警察叔叔啊？」

「哈囉，小弟弟！還記得我嗎？你那天不是說要找黃色皮卡丘的風箏嗎？我幫你找到了唷！」一名警員笑著跟小書打招呼。「只不過啊，小弟弟，你先到那個看起來很兇的伯伯那邊哦！他要請你幫忙放風箏！」

小書一臉疑惑，走向李組長那。「李伯伯，今天不是要放風箏嗎？怎麼……」

「對啊，不過今天警察叔叔們放給你看哦，你在旁邊跟他們說，你那天站在哪裡、是怎麼跑的，好嗎？」

「嗯……我是站在這邊，往太陽下山那裡跑過去，一開始先往前衝，後來等風箏飛上去之後，我再回頭看我的風箏，飛得好高好高唷！」

「然後那個大哥哥就出現了，對嗎？」

「哦，對！那個時候我嚇了一跳，因爲我只看著天空上的風箏，沒有注意到他走過來耶。」

「那個時候天空上有幾面風箏，小書你還記得嗎？」

「嗯……我剛來的時候好像有一面，不知道過多久後，只剩下我的在天上飛耶。」

這樣啊……

「好了，把人帶下來，做一下現場重建。」

只見兩名員警把斯文的大哥哥從警車上帶下來，慢慢走向小書和李組長這。

「啊！大哥哥你也是警察嗎？你們怎麼都來放風箏啊？」

年輕人不發一語，只對著小書微笑了一下。

「好了，阿強，準備放風箏吧！」李組長命令一直笑嘻嘻的員警。

「哈囉，組長，我ＯＫ啦！」

笑嘻嘻員警開始放風箏。那是小書的皮卡丘風箏！

除了風箏，慢慢往上飛，風箏上還掛了另一條好長的風箏線，繞過風箏的桿子後再回到員警的手上。

「呀呼！飛得好高呀！哈囉組長，這樣夠高了吧？」

「差不多了，」李組長看了一下小書，「那天差不多就是這個高度對吧？」

「嗯！那天的風也跟今天的很像哦！」

「阿強，開始讓東西飛過去吧！」

「ＯＫ，組長！」

說完，笑嘻嘻員警就稍微把某個亮晶晶的東西沿著風箏線往天空送，就像升旗那樣。風箏往下沉了些，但仍然悠遊在橙色的黃昏中。接著，他拿把剪刀把其中一邊的線剪斷，那個亮晶晶的東西就這樣「咻」一聲盪了過去。由於風箏恰好在對岸的草叢正上空，盪過去的東西也不偏不倚地掉落在蘆葦叢裡。

笑嘻嘻員警看演出成功，興奮地大呼小叫。最後，他把風箏緩緩收下來，回收剛才多餘的線，把風箏拿給小書。

「哈囉，小弟弟，怎麼樣？警察哥哥表演得很精彩吧！」

小書看得目瞪口呆，「唔……嗯……」

「好了小書，你跟阿呆先到旁邊去休息吧！不然……阿強，你把他們兩個帶到警車上去吹冷氣吧。」

「OK，組長！」

「你知道嗎？多虧了那兩個孩子，我才能解開這個謎。」李組長對著年輕人笑了笑。

「當初調查的時候還沒追查到你那邊，想不到你還滿大膽的，居然會再回到這裡。果然老天有眼啊！不僅破了這個手法，還連帶抓到你和死者想掏空公司的證據……」

「我說大叔，你也眞厲害。這麼孩子氣的詭計你也想得出來。」年輕人看著遠方的風箏，淡淡笑著。

「你不要太過分了，居然要小孩子幫你湮滅掉殺人的工具？有沒有良心啊！要是他們兩個知道，那個風箏線是用來勒斃死者的，他們會怎麼想？還好那面風箏都還沒有洗過，上面的痕跡讓我們破案簡單明瞭多了！還有，居然要他們幫你做不在場證明？在這邊接個電話，五點三十分用剛才的方法把發條錶和手機弄過去，哼！是很孩子氣……」

「……喂，大叔。」

年輕人像是石化了一樣，只有嘴巴喃喃發聲。

「跟你說哦，你要好好陪陪你的兒子啊……不然要是他哪一天不高興，挖走你所有的養老金，嘿嘿……」

「什麼？」

「告訴你啦，看在你這個好爸爸的份上，這個祕密我只跟會跟孩子出來玩的好爸爸說哦！」

「……」

「我就是看不慣那傢伙，仗著自己是少東是不是？他老爸給他吃穿的還不夠啊，居然還想得到要掏空公司？哇哈哈哈哈……我跟你說，我最恨的就是不知報恩的人！從小吃不好穿不好，他不會懂我的啦！越靠近太陽，越知道危險在哪裡。那個人不會懂的啦！你說我也不懂得報恩，居然還殺了他？噗，那種爛人，不值得啦……哈哈哈……」

「……把他押上車，送回警局吧。」

李組長望著遠方的風箏，輕輕皺了一下眉頭。

（第三居聯盟徵文貳獎暨人氣獎，原發表於二〇一二年）

【作者簡介】

菜民　中國醫藥大學推理研究社第四屆社員。不時會出現在一些推理愛好者的場合，默默傻傻地對大家笑。

【解說】

節奏輕快明朗、風格清新自然：讀〈發條紙鳶〉

余小芳

（本文涉及謎底，未讀勿看）

本作篇幅不長，但大膽地端出命案。出現學校場景，卻不是校園推理；發端於日常，竟也無法歸類至日常推理。唯一能確信的事實是，這是一篇解謎類型的推理小品。

小說以一名放學後總至河岸邊放風箏的小學四年級弟弟——小書引入案件，接著讓警方登場。於案件原貌的敘述和重建方面，作者高明地不採用少年偵探團的辦案模式，同時規避繁複的警察程序和科學鑑識，交互穿插孩子和警察二者視角，共同建構出這篇推理小說，主要的詭計是消失的凶器和犯罪者堅不可摧的不在場證明。

相較於前者，犯罪者的身分顯得較不重要，而要在極短的篇幅內鎖定嫌疑犯，又不至於冒出引發人神共憤的激昂情緒，並不難推測兇手是誰。

兇手先於對岸絞殺死者，再運用西南風和地形的雙重自然優勢，通過風箏線運送手銬和手機，之後把手上的風箏交給現場玩樂的孩子，藉以掩蓋殺人證據。若要吹毛求疵，講求實證，如此手法勢必得面臨諸多不可抗因素和挑戰，如風力不足、風箏收線過程誤將死者物品拉入河內，而斷掉的風箏線也可能未能完全清除乾淨，或者物品因判斷失準，落於遠離死者的他方，導致警方未能找著等。

一點點的可能性都有機率造就不可思議現象，而異想天開的犯罪手法，正是古典解謎型推理小說的迷人和奇巧之處。本作謎團、詭計的表現和構思瑕不掩瑜，令人驚豔。

全篇清新明快，筆調自然且行文順暢，以小書或其他孩子爲重要角色，讓活潑天眞的氣氛溫暖書頁；像是形容小書欲洗去風箏上的髒汙而被媽媽阻止，他轉而將本來要洗風箏的那些水拿來洗臉的橋段，相當可愛逗趣。另外，作者埋入眉頭一皺、發現案情並不單純的李組長入列，他多次不經意苦思皺眉，反而使幽默氣息減退命案原本應該具有的血腥和殘酷。

對於單親家庭、補習文化等社會議題，作者輕描淡寫而未多加探究，僅以李組長一角多次反思，不知作者是刻意提及，或是無意識描述？不過若眞的把這樣的題材加入情節內，大概會讓故事失焦吧，輕輕帶過反而和本篇的基本氛圍相契合。

總體而言，本作風格清亮爽朗，用語乾淨淺白，人物性格和情節推進渾然天成而不突兀，詭計塑成亦使人眼睛一亮，能於極短篇幅發揮得如此淋漓盡致，實屬難能可貴。

【作者簡介】

余小芳

暨南大學推理同好會第五屆社員，為在社時間最長的紀錄保持者，現為社團指導老師，同時擔任台灣推理作家協會年輕學子委員會主委。評論文章散見於書籍推薦文、解說及博客來推理藏書閣電子報內，部落格為「余小芳的推理隨文2.0」（http://hn8973.pixnet.net/blog）。

都是他們惹的禍

慕痕

風光明媚的春日下午，鐘依高中的「疑難雜症通通ＯＫ社」的社團辦公室門口被打開——

「咦？」身爲社員之一的紅毛在踏進門前時，看到躺在地上的信。

「是委託信耶！」將信封撿起，紅毛走進社辦坐到團體桌前。

個性最安靜的句點將窗戶關上後走了過來，皺著眉說：「離開前窗戶要記得關。」

「唉唷！那不重要啦！現在這封委託信比較重要！」

「什麼委託信？」另一位綽號爲隨便的社員走進社辦，一屁股坐在紅毛前面。

「這封信啊！剛剛我打開門發現這封信就在門前！一定是有人要委託我們辦事！睽違了一年，我們社團終於接到委託了！」紅毛感動得熱淚盈眶。

「我倒覺得我們的委託方式應該改一下，假設我們進來不小心踩到怎麼辦啊……設個信箱也好啊……」隨便小聲地抱怨著。

「接到委託？」身爲一家之長的社長和善良的阿寶也在此時抵達。

「對啊！社長。我們馬上來看信！」紅毛二話不說地把信抽出來，開始大聲朗讀：

想了很久，真的不知道該怎麼開始下筆，甚至有點猶豫是否該親自將這封信交給你……

「難道這是……情書？是要我們幫忙拿情書給人嗎？」隨便聽完開頭便打斷了紅毛的朗讀。

「不要吵啦！等我念完。」紅毛巴了一下隨便的頭。

我們認識了那麼久，囉嗦也不只一次兩次了，就當作我再多囉嗦一次，我只是希望你不要在即將畢業的時候，給自己留下一份遺憾。是呀！我怎麼會不知道你的脾氣？但是真的沒有必要為了這點小事鬧到幾乎分手。

小瑄很喜歡你，在你們身旁的人都知道，所以他才希望可以多得到一些你的注意，戀人本來就不喜歡對方總是提到其他人吧？我想去跟小瑄解釋，我們不是那種關係，我有另外喜歡的人，所以希望你們能夠和好如初，好嗎？

想想，那時候我們看完電影，小瑄還特地遠遠地騎機車來接你，只為了讓你能在九點前回去。若不是怕你錯過門禁，他何必這麼辛苦？跟他和好吧！我到現在都還不敢主動跟你說話，不知道會不會又造成什麼誤會。

另外，你跟我提到關於未來志向的問題，你很煩惱，不知道未來要做什麼。

還記得嗎？崇逸老師曾在課堂上說過：「重要的不是想要什麼，而是你能夠從任何環境中得到什麼。」無論是你在社團的活躍，還是那份自信，我認為以一般的考試是無法去衡量的，但想想，其實考上哪裡都不重要，最重要的還是你那份樂觀的態度，真的找不到特別喜歡的，那就選喜歡的志願填，無論到哪邊，你一定都可以做得很好的。所以不用害怕，保持現在的你就好了。

只是……別誤解我的意思，考試還是一定要顧。我知道你很擔心五月的社團成發，我甚至知道你放學後的自修時間會轉頭偷看外面學弟妹的練習，但聽我的話，你還是得把心思放在課業上，這樣的選擇會更多一些，別讓自己後悔，好嗎？

唉……我真的不是要這麼囉嗦，只是擔心而已。

希望你一切都好。

整封信字跡十分工整，彷彿印刷般整齊，完全沒有收信者和寫信人的名字，但可以看得出來這兩個人的感情十分親近。

「哇靠！這八點檔嗎？也太狗血了吧？」紅毛一臉不敢置信。

「這封……是委託信嗎？」隨便皺著眉，「這只是一封寫給朋友的信而已吧！」

「當然是委託信啊！你沒看到嗎？這個寫信的女生怕被誤會才不敢拿給對方！把信從門縫塞進來，不是委託是什麼？當然是希望我們幫她的忙啊！」

五個人圍著一封感情豐沛的書信，你一言我一語地討論著。

「啊！隨便啦！反正無論如何，我們總是要找到寫信者吧？」隨便果然還是那句跟綽號一樣的口頭禪。

「我倒建議，反正寫信者也沒署名，我們乾脆來想辦法找出裡面的收信人，直接把信給他怎麼樣？」

紅毛還是如往常一樣熱血沸騰，這類型為彼此著想的友情或者青春校園劇一直都是他很喜歡的。

「我沒意見，總是要對這封信做出個處理，社長的意見如何？」

「我不反對。」社長微微笑著，「句點，你呢？」

句點沒說話，只是在看似久久無反應的時候，微微地點了個頭。

「那我們看看信中有沒有什麼蛛絲馬跡可以推論出收信人或者寫信者好了！」

紅毛此話一出，大家的眼光又開始回到信上面。

「首先，這個收信的人有個女朋友。」

「喔。」紅毛的斬釘截鐵馬上被句點掉。

「眞是精闢的見解呢！」社長看著紅毛面露微笑。

「隨便啦！有女朋友又怎麼樣？裡面只說女朋友叫小瑄，從哪裡開始找起啊？說不定還不是我們學校的，得知這點又有什麼用？」

「欸，你就是要跟我作對就對了？」紅毛有點不爽被隨便吐槽。

「好了，你們兩個。紅毛說的也不算錯，大家看到什麼就提出來，確定之後由隨便寫下來，我們再從這些線索去找人可以嗎？」身爲唯一一位女社員的阿寶總是在此時擔任和事佬，所以讓人有時會產生她是大姐姐的錯覺。

「是。」兩人異口同聲，乖乖地聽阿寶的話。

隨便拿出一張紙，在中心寫了個收信者，圈起來後，旁邊也寫了個女友，圈起來，將兩個圈畫條線結合在一起。

「我們從寫信者和收信者的關係開始討論怎麼樣？」阿寶說。

紅毛認眞地看了看：「他們認識了很久。」

句點抬起頭，看著紅毛沉默了幾秒，又默默地低下頭。

隨便用一種無言無奈加上鄙夷的表情看著紅毛，阿寶則是隱隱忍著笑，社長仍是處變不驚。

「我覺得應該從他們一起上過同一堂課開始看起，目前至少看得出來他們是高三即將畢業的同班同學，而且如果不是三班的，就是八班或十二班的。」

隨便說出了一段不隨便的話，紅毛也跟進：「有道理！因爲同一個老師上課，而崇逸老師上的班級只有三班、八班跟十二班！」

「這樣我們的人數已經限制在三個班級了，那接下來還可以從哪裡看呢？」阿寶認眞地看著一字一句，社員們則因此陷入了沉思。

隨便看了看信件內容的後段，想到——

「社團呢？」

「對耶！社團成發啊！五月辦社團成發的有吉他社、熱舞社、魔術社……還有……」阿寶認眞地思考著。

此時紅毛和隨便轉頭看向窗外操場上那群大聲呼喊著口號的人——

「童軍社！」兩人默契十足地異口同聲大喊。

最近因爲即將成發，童軍社正在加緊練習，他們整齊而威風的紅白旗舞因爲歷年精彩的表演，而在每次的成發都是最被期待的演出，也通常擔任壓軸。

「嗯！有道理！其他的社團都屬於室內型，不太會在室外練習，而且轉頭就能夠看見的地方，應該是操場沒錯了。」

「那……我們現在要先從班級開始調查起，還是從社團啊？」紅毛有點手忙腳亂，不知道從何開始。

「啊隨便啦！都可以啦！」

「紅毛去調查高三的童軍社幹部人名，隨便去調查那三個班級的名單，我們明天中午再集合一次討論看看如何？」社長輕描淡寫地分派了工作。

「遵命！」

看著社辦內認眞畫著關係圖，並研究著名單的兩人，句點覺得有點不安。

句點看向社長，久久才問了一句：「社長你……」

「從錯誤中學取教訓才會更了解自己的盲點在哪啊！」社長臉上是完全人畜無害的燦爛笑容。

阿寶覺得全身起了雞皮疙瘩，句點則是嘆了一口長氣。

「記得關窗。」也知道那兩個人一旦熱衷什麼就很難抽身，句點在離開前只無奈地跟他們提醒了一句話就回教室去。

社長來到社辦門前，一陣涼風吹來。

「碰！」從有些大聲的關窗聲可以感受到句點對於那兩人最後還是忘記關窗戶的行爲感到不滿。

看著兩人帶著歉疚的表情沉默地坐在桌前，社長仍只是微微地笑著。

他幫忙將吹到地板上的文件撿起來時，看到上面寫著三個人名，動作微微一停。

「目標鎖定了嗎？」

「嗯！目前查出來有在那三個班上，又擔任童軍社幹部的是這三個人，去掉其中兩個女生，剩下來的那個男生應該就是我們要找的人了吧？我們今天就去把信給對方好不好？」

拿著那張紙，社長飄然走到他們兩個面前，溫柔地坐下來，用親切的語氣問——

「誰告訴你們收信者一定是男生的？」掛上看似無害卻殺傷力十足的微笑，又狠心地再加上一句：「誰又告訴你們一定是童軍社的？」

整個社辦頓時就宛如時空凍結一樣，沒有一絲聲響。

「啊！抱歉抱歉！我遲到了……咦？怎麼了嗎？」阿寶匆忙地打開門卻發現氣氛很詭譎。

「可是……可是社長……這封信……收件者應該是男生啊……」紅毛一時不知道該怎麼說，變得結結巴巴。

「對啊！社長，這裡面寫收信者有女朋友啊！」隨便拿起信指著小瑄那邊。

「誰說有女朋友的一定是個男生？」

「有女朋友，當然是男生啊……啊啊！」紅毛霎時恍然大悟。

「社長的意思是，單用女朋友這個詞沒有性別的鑑別度？」雖然剛剛沒聽到，但阿寶大約知道現在討論的點在哪裡。

「甚至連寫信的人的性別也不見得是女生，也許用字遣詞的確偏女性，但如果是個認眞的男生寫的也不無可能。」

「那……童軍社呢？爲什麼不是童軍社的？有成發有練習，又在教室轉頭可以看到的地方，通常是操場了吧！」隨便仍然不願服輸，向社長提出反對意見。

「我覺得社長講的話有道理，認眞思考起來，就像是女朋友一樣，教室裡轉頭可以看到的地方不見得是操場。」阿寶思考著社長說的話。

鐘依高中的教室設計像是ㄇ字（見圖），ㄇ字型的中間是中庭花園，外接大門，不過因爲要準備大考，高三會另外安排放學後的自修。

好聽是自修，但卻是強迫參加的。

爲了避免高一高二的學弟妹放學會吵到學長姊念書，於是高三所有班級一律在教室大樓的最高層，雖然四樓也不算高，卻得爲此爬整整三個樓層的樓梯，加上福利社在地下室，使得民怨四起，直到學校花下一筆錢在高三的每間教室裝設冷氣（只有高三），一切的紛爭才到此結束。

ㄇ字型的建築後方是操場，ㄇ字右手邊一塊不算小的空間中央則是一棵大榕樹，因此整塊空間便被叫做「榕園」。樹下有著一些石椅石桌，雖然場地還算寬廣，不過因爲有樹根和石桌石椅的阻擋，所以動態性社團不太會在此練習。反倒是因爲大樹成蔭，成了情侶、姊妹淘、哥兒們或是午餐咖的好去處。

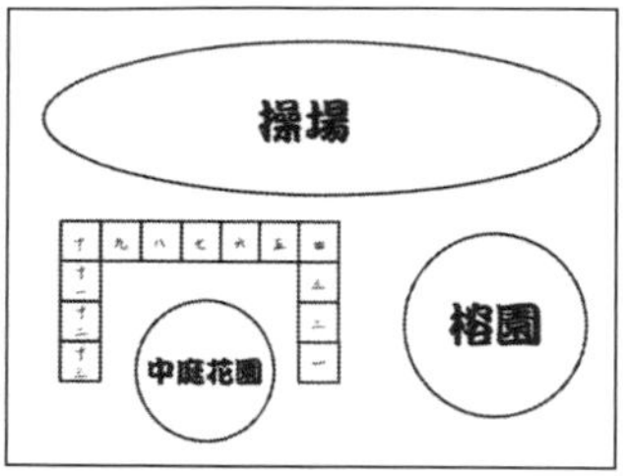

鐘依高中平面圖。

「可是……中庭花園和榕園……都不太會在那兩個地方練習啊！中庭花園會有車子進出，榕園也有石桌石椅，都不適合練習成發啊！更何況，其他要成發的社團，練習根本不需要到室外吧？」紅毛抓了抓頭，仍然不放棄地抗戰。

「不需要並不代表不會，更何況你們因爲心都放在童軍社上面，其他成發的社團狀況你們都沒有確定清楚吧？」社長三言兩語駁回紅毛的推論。

「嗯……沒錯。這部分我們眞的是疏忽了，我也是剛剛才打聽到，跟吉他社共用社辦的國樂社最近有全國競賽，因此和吉他社討論之後決定輪流使用教室，所以國樂社在練習的時候，吉他社會在榕園練習，吉他的練習有石桌石椅反而方便。不過我覺得熱舞社和魔術社還是可以從名單中刪掉，跳舞需要一個平坦寬闊的場地，榕園也沒有電源可以放音樂，魔術社則不可能在這麼公開的環境下練習，否則就沒有驚奇性了！」

社長點點頭，沒有反駁阿寶提出的論點。

「隨便啦！反正我們之前的努力還不是白費了！社長你好陰險。」隨便委屈地看著社長，覺得自己有種上當的感覺。

「啊……我的社員這麼說我眞是令我傷心。」社長優雅地摀著胸口哭訴著，臉上卻滿是笑容。

「……」時空再次凍結，不過這次有烏鴉配樂。

「沒關係！社長陰險也不是一天兩天了，早習慣了，我們還是繼續吧！」樂觀的紅毛沒有被打擊得潰不成軍，決定再接再厲。

大家又繼續聚在一起看著信，阿寶順道把學校地圖畫出來，也標示出各教室的位置。

「至少我們可以刪掉十二班。因爲中庭花園會有校車和師長的車子進出，學校本來就規定不可以使用來練習活動，十二班的位置可以看到的也只有中庭花園。」阿寶用手中的筆把十二班給劃掉。

「可是八班可以看到操場，三班可以看到榕園，這樣還不是要重新找人？」

「隨便啦！不管可以看到什麼，先把童軍社和吉他社幹部名單找出來，再篩選出八班及三班的學生就好啦！反正人數應該也不會很多，到時候再來跟信中的內容比對，看哪個人的可能性比較大不就好了？」

「嗯！說的也是！那我們先分頭去找資料吧！」

「一定要找出這個人！」三個人的興致十分高昂，還搭掌呼喊口號，「加油加油加油！」

硬是被拉進去一起呼喊口號的社長站在完全沒有開口提供意見的句點旁邊，淡淡地笑著說了句：「眞是熱鬧呢！」

句點瞄了瞄社長，還是嘆了一口長氣。

整個下午那三個人都精神充沛到處調查資料，兩三個星期才安排一次的社課全被用在調查資料上面，句點和社長仍是默默地在一旁不說話，最多偶爾插進些意見。睽違了一年的社團活動，幾乎每個人都興沖沖的，句點想說什麼，想了想還是吞了下去。

「八班裡有兩個童軍社的幹部，三班則有兩個吉他社幹部，其他就沒有符合資格的了。」阿寶翻著資料邊說著。

「這樣還不是沒有用！唉唷隨便啦！乾脆四個都問問看不就好了？反正也才四個啊？」在忙碌了一兩個小時之後，還是沒有直接的結果，隨便沒有感到沮喪，不過倒是有點疲累。

「別這樣嘛！我們再多研究看看還有沒有可以拿來辨別的訊息。」

可惜三人還是苦思很久仍是想不出來，還轉移戰場到速食店，堅持一定要想出來，只是將信件左翻右翻，還是找不出其他的蛛絲馬跡。紅毛甚至提議說要剪下一小塊紙去做化學檢驗，說不定可以從材料看出些端倪，無奈他的這個意見被完全忽略，他也只好打消念頭。

社長和句點在旁邊看著，打著呵欠，雖然疲累，但還是沒有不顧義氣地丟下他們就走。

在冗長但還是沒有結論的研究之後，社長站起身來：「夠了！今天就先到此爲止吧！句點，你不是也要回宿舍了？宿舍門禁快到了耶！你們幾個也快點回家吧！」

三人聽了社長的話，也知道時間不早，邊開始收拾著東西準備回去，突然——

「等一下！」阿寶靈光一閃地突然大叫。

全部的人剎那間停止動作看著她，一臉的不解。

「門禁！」

「嗯？什麼意思？」紅毛不太懂阿寶的意思。

「紅毛，你家門禁什麼時候？」

「呃……沒有規定耶！但通常加上補習時間回到家也大概十點多了吧！所以也不會特別規定，因為太晚也不太能跑去哪吧！」

「隨便你呢？」

「我們家很隨便的，所以盡量不要太晚回家，真的會延太晚的話就報備一下。」

「嗯……我們家也差不多……」阿寶開始思考，「通常高中生雖然還是會每天回家，但很難保證在九點以前吧？尤其這個注重考試的國家，高三生反而會去補習吧？」

「說得沒錯耶！尤其吉他和童軍都是活動很多的社團，有時候要活動練習或是集訓開會等等都會用到晚上七八點，要在九點前回家……一種情況是，他家住附近比較不太有交通問題。」

「不然就是……他住宿舍！」

高中有提供給外地學生宿舍住宿，因為近而且便宜，所以申請的人數非常之多，除非是住得太遠的人不然就是要抽籤定生死，只是唯一的缺點是有規定九點的點名門禁，以避免發生什麼事可以早點聯絡或調查。

「雖然假設得有點大膽，不過我覺得是個不錯的方向。」

「好！那明天的進度就是宿舍的住宿名單，還有這四個人住的地方和交通方式，也順便調查這幾個人有沒有在補習可以更確定我們的推論。」

「好耶！」

三個單純的好孩子在那裡吶喊，句點轉頭看著社長，臉上帶著「你竟然……」的驚愕表情。

「怎麼了嗎？親愛的句點。」一張單純天眞的笑容面對著句點。

「沒。」句點還是決定什麼話都不要說比較好。

「可是我看你欲言又止的樣子，不是嗎？」

「是嗎。」

「爲什麼『是嗎』後面接的不是問號而是句點呢？」

「是嗎。」

「……」

運氣很好，其中三人的住宿地點雖沒有到遠卻也不算接近，其中兩個在童軍社的有補習，從補習班回家的時間大約是九點二十，另外一個吉他社的則是常常在晚上和學弟妹練習到八點九點才騎機車回去。

而剩下的唯一一個最有可能的人選令每個人都驚訝到差點說不出話來——

「校……校花若雅！」

根據調查，若雅擔任吉他社的副社，人長得標緻清秀，但最重要的是她的開朗活潑和和善待人的態度，有耐心也有能力，雖然成績只在中上，但因爲學校裡面所參與的活動和擔任了許多重要的職位，所以知名度其實比吉他社社長還高，聽說因為能力強，所以甚至可說是吉他社的地下社長。

「若雅有女朋友……我……我……」一直當若雅是女神的隨便幾乎無法承受這樣的打擊。

「還不能確定一定是若雅啊！而且就算她有女朋友又怎樣啊？」紅毛聳聳肩完全不懂隨便的感覺。

「哼！你這種沒神經的絕對不會懂我的纖細情感啦！」隨便繼續跑去角落畫圈圈。

「好啦！總之你到底要不要跟我們一起去給信啦？」

「啊……隨便啦！反正都沒差了。」隨便帶著一顆破碎的心跟上前面兩人的腳步。

到了三班，拜託了一位同學進去請若雅出來。

若雅出來的時候一眼就看到那三個人，她臉上閃過一絲訝異：「咦？疑難雜症通通ＯＫ社的……」

隨便開心地衝出來說：「對啊對啊！妳知道我們嗎？」

若雅燦爛地笑著，非常有親和力：「知道啊！你是隨便，後面的是阿寶跟紅毛……其他人不在嗎？」

「難道是我以前解決事情所造就的知名度嗎？」紅毛對若雅知道自己也十分地得意。

「算吧。我聽人提過你們。」若雅沒有直接的否定，可見其善良程度，「所以……你們找我有什麼事嗎？」

「喔！事情是這樣的，我們想確定一下，這封信是不是妳的？」阿寶避免萬一洩漏太多他人機密，所以只打開了信的開頭一兩行給若雅確定字跡和內容。

若雅一看到字跡就愣住了，說：「是他拜託你們拿來的嗎？」

「呃……不是的。好像是寫信的人不太方便拿給妳，所以委託我們。那……這封信眞的是寫給妳的囉？」

若雅接過信，將信的內容看完，帶著點無奈的笑容點點頭：「嗯！是給我的沒錯！謝謝你們。」

「還有……很抱歉因為沒有署名，所以我們看完信的內容最後才決定妳應該是最有可能的人選。」三個人在若雅面前鞠了個躬。

「沒有關係，我也沒有介意啦！」若雅的態度十分坦蕩，反而讓三人更加佩服，「他還眞的是很擔心呢！」

「妳是說寫信的人嗎？」

「對啊！一個好朋友，認識了那麼久，他總是不懂怎麼說話，所以話少，但在信中卻十分囉嗦，雖然有時候的確讓人覺得心煩，卻眞的是個很好的、很好的朋友。」若雅摸著信微微笑著。

「那……我們可以認識一下這位寫信者嗎？」三個人對神祕的寫信者眞的感到十分好奇。

「你們沒見過面嗎？」

「沒有耶！他只將信從門縫投進我們的社辦，可是我們根本沒見到面。」

「那麼……該認識的時候就會認識啦。」若雅露出頑皮的笑容，沒有透露另外一個人的身分。

「拜託啦！」三個人苦苦哀求著若雅。

「天機不可洩漏，洩漏會折壽的。我該回去了，謝謝，祝你們大考也加油啦！很高興認識你們疑難雜症社的各位，喔！麻煩跟你們社長說一聲，下次我會找個機會好好拜訪的！」若雅帶著輕快的笑容走進教室，留下一臉遺憾的三人。

另外一邊，拒絕跟三個人一起去拿信給若雅的句點看著社辦裡大開的窗戶，告訴自己，傷害罪必須判有期徒刑或者罰金，不值得不值得不值得……

風微微吹起，將桌上句點打算拿來念的大考講義吹落。

句點忍住衝出門打人的衝動，「碰！」的一聲將窗戶關上。

此時社長正巧打開門走進來，看到門前的講義，仍是好心地幫忙撿起來，說：「他們又忘記關窗戶啦？」

「……」句點的沉默表示著顯而易見的答案。

「唉……不過你也小心點吧！要是什麼重要的東西又掉了那就不好了。」說完還貼心地將講義堆整齊放到桌上。

聽到此話的句點動作完全停住，機械人般的一格一格轉頭看向社長那燦爛得有些刺眼的笑容。

「你說是吧，親愛的句點？」

（第三屆聯盟徵文首獎暨最受讀者歡迎獎，原發表於二〇一二年）

【作者簡介】

慕痕

中國醫藥大學第八屆社員，現為龐大社會機械下的小小一枚螺絲釘，努力在夾縫中求生存，目前狀態顯示：還沒死。

為漫畫狂熱忠實信仰者，每日心情好宗旨：「一是漫畫，二是漫畫，沒有三也沒有四，五還是漫畫。」

【解說】青春洋溢的校園日常推理

做偵探

青春洋溢，熱情四溢！〈都是他們惹的禍〉是一篇充滿年輕氣息的校園日常推理。取材自生活周遭，沒有血腥味、沒有狡詐的詭計或是繁複的密碼，有的只是一封不具名的信件，卻引發了我們的好奇心，不禁想要跟著這些好管閒事的社員們，一同參與一場解謎之旅。

古典推理小說中的密室殺人、暴風雨山莊、不在場證明對我們這些平凡的小市民來說，只是躍然於紙上的專有名詞，雖說對於嫻熟推理小說的讀者，這些名詞宛若最熟悉的陌生人一般。儘管隨著偵探一同抽絲剝繭，撥開迷霧發掘眞相，卻未必能產生身歷其境的感受，而日常推理卻不同。透過周遭你我都熟悉的事物，以之爲起點，布下一連串的線索，逐步架構出平凡無奇，卻令人著迷的謎團。〈都是他們惹的禍〉正是如此。

或許你我都有這樣的經驗，不經意地聽見別人口中的隻字片語，又或是不具名的紙條，在好奇心的作祟下，發揮八卦的精神，試圖探聽出完整的內容，找出信息的發出者或是接受者。本篇小說滿足了我們這樣子的慾望。

雖然篇幅不長，但是架構完整，短短七千餘字已將小說中人物的個性與特質給勾勒出來。解謎的過程四平八穩，字裡行間逐步地釋放出線索，讓讀者能跟上小說中人物的解謎步調，案件的眞相也逐漸地明朗，彷彿親身經歷了一場推理的冒險，而故事的最後作者也不忘賦予小說意外性，給我們一點小小的驚喜，讓人餘韻無窮。

由這篇作品不難看出作者的智巧與成熟的筆觸，在短短的篇幅裡將謎團與故事的架構取得了最佳的平衡，讓讀者閱讀完之後不會有草草帶過的慌張感，骨架與血肉做了很好的搭配。或許是受限於小說篇幅與形式，推理小說的公平性無法完美的表現，但是不減閱讀這篇小說的樂趣，是篇成功的日常推理小說。

【作者簡介】

做偵探

中國醫推理研究社的創始成員，不學無術，對於推理有著熱忱。目前是社會人士一枚，努力混口飯吃中。

要推理35　PG1338

發條紙鳶
——台灣校際推理社團聯盟徵文獎傑作選

作　　者　台灣校際推理社團聯盟
主　　編　余小芳
責任編輯　辛秉學
圖文排版　周妤靜
封面設計　葉力安

出版策劃　要有光
製作發行　秀威資訊科技股份有限公司
114 台北市內湖區瑞光路76巷65號1樓
電話：+886-2-2796-3638　傳真：+886-2-2796-1377
服務信箱：service@showwe.com.tw
http://www.showwe.com.tw
郵政劃撥　19563868　戶名：秀威資訊科技股份有限公司
展售門市　國家書店【松江門市】
104 台北市中山區松江路209號1樓
電話：+886-2-2518-0207　傳真：+886-2-2518-0778
網路訂購　秀威網路書店：http://www.bodbooks.com.tw
國家網路書店：http://www.govbooks.com.tw
法律顧問　毛國樑　律師
總 經 銷　易可數位行銷股份有限公司
地址：231新北市新店區寶橋路235巷6弄3號5樓
電話：+886-2-8911-0825　傳真：+886-2-8911-0801
e-mail：book-info@ecorebooks.com
易可部落格：http://ecorebooks.pixnet.net/blog

出版日期　2017年3月　BOD一版
定　　價　340元

Printed in Taiwan

國家圖書館出版品預行編目

發條紙鳶：台灣校際推理社團聯盟徵文獎傑作選 / 台灣校際推理社團聯盟著；余小芳主編. -- 一版. -- 臺北市：要有光, 2017.03
面； 公分
BOD版
ISBN 978-986-94298-6-3(平裝)

857.81　　106003452

讀者回函卡

感謝您購買本書，為提升服務品質，請填妥以下資料，將讀者回函卡直接寄回或傳真本公司，收到您的寶貴意見後，我們會收藏記錄及檢討，謝謝！
如您需要了解本公司最新出版書目、購書優惠或企劃活動，歡迎您上網查詢或下載相關資料：http:// www.showwe.com.tw

您購買的書名：________________________________

出生日期：________年________月________日

學歷：□高中（含）以下　□大專　□研究所（含）以上

職業：□製造業　□金融業　□資訊業　□軍警　□傳播業　□自由業
　　　□服務業　□公務員　□教職　□學生　□家管　□其它____

購書地點：□網路書店　□實體書店　□書展　□郵購　□贈閱　□其他

您從何得知本書的消息？

□網路書店　□實體書店　□網路搜尋　□電子報　□書訊　□雜誌
□傳播媒體　□親友推薦　□網站推薦　□部落格　□其他________

您對本書的評價：（請填代號　1.非常滿意　2.滿意　3.尚可　4.再改進）

封面設計____　版面編排____　內容____　文／譯筆____　價格____

讀完書後您覺得：

□很有收穫　□有收穫　□收穫不多　□沒收穫

對我們的建議：________________________________

____

____

____

請貼
郵票

11466
台北市內湖區瑞光路 76 巷 65 號 1 樓
秀威資訊科技股份有限公司　　收
BOD 數位出版事業部

（請沿線對折寄回，謝謝！）

姓　　名：＿＿＿＿＿＿＿＿　年齡：＿＿＿＿　性別：□女　□男

郵遞區號：□□□□□

地　　址：＿＿＿＿＿＿＿＿＿＿＿＿＿＿＿＿

聯絡電話：(日) ＿＿＿＿＿＿＿＿ (夜) ＿＿＿＿＿＿＿＿

E-mail：＿＿＿＿＿＿＿＿＿＿＿＿＿＿＿＿